WIE MAN EINE FEE FÄNGT

WINTERDORNEN

MILA YOUNG

CONTENTS

WINTERDORNEN BÜCHER

Wie man eine Fee fängt
Wie man eine Fee verführt
Wie man eine Fee zähmt
Wie man eine Fee behauptet

WIE MAN EINE FEE FÄNGT

Vor langer Zeit trafen sich Dunkelheit und Licht und erschufen eine Schönheit... eine Schönheit, die diese Welt zerstören wird.

Wieder kommt der Traum, jedes Mal dieselben dunklen, verschlungenen Wälder; ein Ort, den ich zu gut kannte, einen Ort, den ich schon hunderte Male zuvor besucht hatte.

Meine Pflegemutter aber sagt, dass es nur ein Traum ist, warum aber ist *er* dann die ganze Zeit in meinem Kopf. Er, der keinen Namen hat. Er, der sich weigert, ihn mir zu nennen.

Kleiner Wolf, nennt er mich, erzählt mir Geheimnisse, hört mir zu und lässt mich rot werden bei den schmutzigen Dingen, die er sagt. Bis zu dem Tag, als sich alles ändert.

Ich bin nicht bereit für eine Welt, die es nicht geben sollte. Drei atemberaubend heiße Männer mit Kräften zu treffen, die ich nicht ergründen kann, einer gefährlicher als der andere. Einer dominant und angsteinflößend. Der andere verletzend mit seinen Worten. Und ein Dritter, der zweifelsfrei mein Herz gestohlen hatte und darauf besteht, dass ich ihm gehöre.

Sie sagen, dass ich in Gefahr bin, aber ist ihr Schutz ausreichend, um mich zu bewahren, mir dabei zu helfen, mein Glück im Leben zu finden, bevor es zu spät ist? Mich für die Wahrheit, wer ich wirklich bin, zu erwecken.

VORWORT

*H*eute stimmte mit den Wäldern etwas überhaupt nicht.

Ich glitt ein paar Schritte rückwärts und mein Herz pochte laut. Eine Gestalt hinter einem knorrigen Baum beobachtete mich.

Die Schatten verschlungen ihn, formlos und in der sich ausbreitenden Dunkelheit verschwindend, aber ich konnte seine Blicke spüren—ständig auf mir. Und dieses Unbehagen drehte mir den Magen um.

Krumme Äste reckten sich in die stürmischen Wolken, schwangen im Wind vor und zurück wie Krallen, die nach mir ausholten. In mir brüllte die Panik, schrie mich an, wegzurennen und meine Haut prickelte mit Elektrizität.

Wenn ich blieb, würde er mich töten. Ich wusste es, konnte es in meinen Knochen spüren.

Ich wand mich ab und rannte auf die Lichtung zu, mobilisierte meine Energie um schneller denn je voranzukommen. Sein Atem streifte meinen Nacken, seine Schritte donnerten auf den Boden.

Die Angst zerriss mich bei dem Gedanken daran, dass er mich dieses Mal erwischen würde.

Dornenbüsche und abgebrochene Bäume standen über das Land verteilt. Der Geruch der Freiheit lag in der Luft hinter dem verschlungenen Wald, Fetzen eines großen Königreichs, welches die goldenen Strahlen der Sonne reflektierte. Das Königreich war so weit entfernt, nur über Stufen aus gewundenem Fels und durch das Überqueren einer Bogenbrücke zwischen zwei Bergen erreichbar. Ich würde dort nie rechtzeitig ankommen. Genauso gut hätte ich versuchen können, nach dem Mond zu greifen.

Das Knistern von Laub und Stöckchen holte mich ein und ich wirbelte herum, die Angst hüllte mich wie ein schwerer Wintermantel ein, erdrückte mich.

Totale Dunkelheit umgab mich, der Wind kreischte in meinen Ohren.

Ein Schrei kam mir über die Lippen. Meine Handflächen kitzelten voller Energie, ihr brennender Schmerz verteilte sich in mir.

Er donnerte gegen mich.

Ich schrie, meine Füße verknoteten sich unter mir. Ich schwenkte zurück, streckte meine Hände aus, beschwor meine Kraft und schmetterte sie in den Schatten.

Dann fiel ich. Meine Welt wurde zu einem schwarzen Loch, das mich einsog und nach unten zog.

Und ich ließ mich treiben. So, wie ich es immer tat.

1

"Bist du wach, Guen?" Debbies Stimme durchbrach die Stille, holte mich in die Gegenwart zurück. Erinnerte mich daran, dass ich in ihrem Büro saß... Nicht, dass ich dies nicht gewusst hätte, aber manchmal vergaß ich Dinge.

Meine Pflegemutter zupfte an meinem Arm, rutschte auf ihrem Stuhl herum und schnaubte. "Sie ist immer am Tagträumen. Ich schwöre, sie lebt mehr in ihrem Kopf als in der wirklichen Welt."

Ich lümmelte mich auf meinem Stuhl dahin und sah Ms. Williams in ihre tiefen, braunen Augen. Sie saß uns an ihrem Schreibtisch gegenüber und sie sah jung aus, abgesehen von den weißen Strähnen zwischen den braunen Locken. Ich schätzte sie auf Mitte Vierzig.

Sie begutachtete mich, machte wahrscheinlich Notizen im Geiste, wie ich mich seit unserem letzten Zusammentreffen verändert hatte. Ihr Schreibtisch war tadellos, wie auch der Rest ihres sterilen Büros und das Schild mit ihrem Namen und ihrer Position war an der Ecke ihres Arbeitsplatzes aufgestellt.

Debbie Williams, M.D.

Klinische Psychiaterin

Als ob jemand, der hier herkam, vergessen würde, dass er eine Psychiaterin aufsuchte, die sich auf Geistesstörungen spezialisiert hat.

„Wie schlafen Sie in letzter Zeit?", fragte sie.

„Nicht gut." Nie gut. Ständig kamen die Träume und wenn ich aufwachte, war ich erschöpft.

„Haben Sie die neuen Medikamente versucht, die ich Ihnen verschrieben habe?"

Ich nickte, wie auch meine Pflegemutter, die sich die losen, kastanienfarbenen Haarsträhnen aus dem Gesicht strich. Sie stellte sicher, dass ich die Medikamente einnahm. Sie betäubten mich, die Träume kamen aber trotzdem, ganz egal, was ich ausprobierte.

Schizophrenie. Ich hatte diese Wörter vor einigen Wochen in den Notizen der Ärztin entdeckt, als sie nicht hinsah. Auch wenn sie mir keine Diagnose gegeben hatte, jetzt wusste ich zumindest, was mit mir nicht stimmte. Ich habe darüber gelesen, versucht, mich mit Google selbst zu diagnostizieren und vier Arten der Schizophrenie gefunden. Es war mir nicht klar, ob eine spezielle Störung auf mich passte; es war mehr, als würde ich von jeder Symptome zeigen.

Aber vielleicht hatte Ms. Williams etwas Anderes im Verdacht, was mit mir nicht stimmte und gab mir deshalb keine endgültige Prognose. Gab es etwas Schlimmeres als Schizophrenie?

Mein Magen drehte sich heftig bei dem Gedanken daran und aus irgendeinem Grund war das Zimmer heute zu grell, obwohl das Licht aus war. Die Reflektion der Sonne auf den weißen Wänden blendete meine Augen.

Ms. Williams stand von ihrem Stuhl auf, glättete ihren

ausgestellten, blauen Rock und durchquerte das Zimmer, um die Jalousien zu senken, damit das Licht nicht so blendete. Ich mochte sie, auch wenn sie jede meiner Bewegungen beobachtete, sowie jede meiner Reaktionen und mein Verhalten analysierte. Seit ich in Pflegefamilien war suchte ich schon Therapeuten auf... mein ganzes Leben lang also.

„Hast du immer noch ungewöhnliche Träume?", fragte sie.

Ich nickte, senkte meinen Blick und dachte an die Schatten, die ständig hinter mir her waren. „Manchmal. Aber ich fühle mich besser."

Ich hob meinen Kopf während sie schnell etwas in ihr Notizbuch schrieb. Manchmal vergaß ich Dinge, träumte von einem Königreich, das es nicht gab und fühlte mich, als würde ich... nicht in meine Haut gehören. Nein, nicht in diese *Welt*.

Mein Blick fiel auf die Uhr an der Wand. Eine halbe Stunde war beinahe vorbei.

„Nun, wir sollten unsere Sitzung an dieser Stelle beenden." Debbie reichte meiner Pflegemutter ein neues Rezept. „Jen, hast du einen Augenblick?"

Nachdem ich aufgestanden war griff ich nach meiner Tasche unter meinem Stuhl und ging auf die Tür zu. „Danke", sagte ich über meine Schulter, als ich nach dem Türknauf griff. Ich verabscheute diese Sitzungen, die mich alles an mir selbst in Frage stellen ließen. Die beiden führten ein Gespräch unter vier Augen. Welche Geheimnisse hatten sie vor mir, von denen ich nichts wissen sollte? Aber bereits vor langer Zeit hatte ich herausfinden müssen, dass wenn ich ungehalten reagierte, dies nur dazu führte, dass mir noch mehr Medikamente verschrieben wurden, da ich nicht stabil war. Verrückt. Unzuverlässig.

Du bist so viel mehr als nur wahnsinnig, kleiner Wolf. Das tiefe Brummen seiner Stimme umhüllte meinen Verstand, tief und geschmeidig, in meinen Knochen widerhallend. Er, der keinen Namen hatte, der sich weigerte, mir seinen Namen zu nennen, der immer in meinem Kopf war.

Etwas, das ich noch nie einer einzigen Seele erzählte hatte; ansonsten hätten sie mich in eine Irrenanstalt eingewiesen.

„Wow, du steckst heute voller Komplimente", flüsterte ich.

Draußen marschierte ich durch das Wartezimmer und ließ meine Pflegemutter zurück. Gesenkten Hauptes zog ich meine Jacke enger um mich, durchquerte den Raum und wollte mit niemandem Blicke austauschen. Wir alle lebten mit Dunkelheit in unseren Köpfen und ich wollte ihren Wahnsinn nicht sehen, der ihnen ins Gesicht geschrieben stand.

„Papa hat keine Lust herzukommen und gesagt, dass ich das Rezept in seinem Namen abholen könnte.", knurrte ein Kerl die Krankenschwester über die Theke an.

Ich sah in seine Richtung. Seine Stirn lag in Falten, eisblaue Regenbogenhäute umrandet von wahnsinnig langen Wimpern trafen meinen Blick. Sein kurzes, schwarzes Haar war mit Gel nach oben gestylt. Ich erkannte ihn. Mit diesem höhnischen Lächeln machte er jedes Mädchen in der Schule verrückt. Sein Mund zuckte, bevor er seine Aufmerksamkeit wieder der Krankenschwester widmete, die ihn belehrte. Ich schob mich durch die Vordertür und schritt nach draußen, wo ich einfacher atmen konnte.

Es schien, als hätten der beliebteste Junge der Schule und ich doch etwas gemeinsam. Etwas Verrücktes.

Ich rubbelte meine Hände, damit sie warm wurden und starrte für eine Weile auf den Parkplatz, bevor ich mich auf den Weg zu einem Tante-Emma-Laden machte. Dort nahm ich mir einen Energydrink aus dem Kühlregal und suchte in meiner Handtasche nach Geld, welches ich dem alten Mann am Tresen dann in die Hand drückte.

„Da bist du", brüllte Jen von der Tür des Ladens aus, mit ihren maßgeschneiderten Hosen und einer weißen Bluse, deren Knopfleiste straff gespannt war. Seit Ewigkeiten schon machte sie eine Diät, hatte kürzlich einiges an Gewicht verloren und sah gut aus. „Ich habe dir doch gesagt, immer in der Nähe des Wagens auf mich zu warten. Du und Oliver, ihr beiden treibt mich noch in den Wahnsinn."

Mit der Dose in meiner Hand folgte ich ihr nach draußen. „Ich brauchte vor der Schule nur etwas, das mich wach macht. Und Oliver geht jedem auf die Nerven." Mein Pflegebruder war die Ausgeburt des Teufels.

Sie schnaubte. „Er ist gerade einmal neun; diese Phase wird vorübergehen. Und ich hasse es, wenn du dieses Zeug trinkst. Es ist nicht gut für dich."

„Es hält mich wach." Ich zog den Metallring der Dose zurück und sie zischte. „Also, was hat die Seelenklempnerin gesagt, nachdem ich weg war?"

„Ich habe Debbie lieber als die davor. Und sie macht sich nur Sorgen, dass du nicht genügend Schlaf bekommst."

Während ich einen Mundvoll der Köstlichkeit mit Kirschgeschmack hinunterschluckte, wartete ich, dass Jen ihre Schlüssel in ihrer Handtasche fand. Ein schneller Blick auf meine Spiegelung im Fenster des Autos zeigte mein blondes Haar, welches im Wind flatterte, helle Augenbrauen, die ich hasste und diese blauen Augen, die diesem ganzen blass wie Schnee Look nicht zuträglich waren. Ich hatte darüber nachgedacht, mir meine Augenbrauen selbst braun zu färben, doch ich wollte nicht, dass sie wie dunkle Raupen auf meiner Stirn aussehen.

Jen öffnete endlich die Beifahrerseite ihrer silbernen Limousine.

„Erzählst du mir, was sie gesagt hat?" Ich stieg ein und sie nahm auf dem Fahrersitz Platz.

„Was möchtest du, dass ich sage, Guen? Sie kostet uns ein Vermögen, also wird sie schon wissen, was sie tut." Jen sah zu mir herüber, ihre perfekt gezupften Augenbrauen hoben sich. Sie rammte den Schlüssel ins Zündschloss.

Nachdem ich die Dose zwischen meine Oberschenkel geklemmt hatte, schnallte ich mich an. „Die Regierung bezahlt dafür", erinnerte ich sie, das Rasseln des Motors übertönend. Aber trotzdem beschwerte sie sich alle vierzehn Tage über die Kosten, als ob es ihr vergönnt wäre, das Geld für sich selbst verwenden.

Sie fuhr langsam vom Parkplatz und ordnete sich dann im zähfließenden, morgendlichen Verkehr ein.

„Also, erzählst du es mir?" Ich nahm noch ein paar Schlücke.

„Was für einen Unterschied macht das? Du nimmst deine Medikamente und es wird dir gut gehen." Ihr Augenwinkel zuckte.

„Ich weiß, wenn du lügst."

„Hör auf mich anzustarren. Hast du deine Bücher für die Schule?"

„Ja, ich habe sie. Bitte, Jen, was hat Debbie dir wirklich gesagt?"

„Ich habe dir doch gesagt, du sollst mich nicht so nennen."

Laut stöhnte ich und knallte mich gegen die

Sitzlehne, starrte die übergroßen Gebäude an, an denen wir vorbeifuhren, die Schaufenster, Menschen, die durch den schleichenden Verkehr huschten um die Straße zu überqueren.

„Sie sagte, dass sie besorgt ist, du könntest eine Gefahr darstellen."

Ich erstarrte.

Eine Gefahr? Ich würde nie jemandem wehtun. Habe ich auch noch nie.

„Warum glaubst sie das?" Unruhe machte sich in meiner Brust breit. Ein kleiner Teil von mir starb, wenn ich aus Versehen auf eine Ameise trat. Wie könnte ich gefährlich sein?

Sie spitzte ihren Mund, als sie zu mir herübersah. „Weil du niemanden brauchst und darauf bestehst, alleine zu sein."

Die Worte schwirrten durch meine Gedanken wie Fliegen über einem Kadaver. Ein Einzelgänger zu sein machte einen also gefährlich?

„Hast du versucht, Freunde zu finden?", fragte sie, als hätte sie mich nicht mit Mitschülern an den letzten drei Schulen abhängen sehen, die ich besuchte, da wir ständig umzogen, um in der Nähe ihres neuesten Lebenspartners zu sein.

„Ich habe einen Freund an der Brax High."

„Sag jetzt nicht Antonio, oder ich werde—"

„Ja, Antonio ist mein Freund."

Jens Griff um das Lenkrad festigte sich. „Und ein schlechter Einfluss. Ich habe dir doch erzählt, dass ich einmal beobachtet habe, wie er Medikamente im Laden an der Ecke gekauft hat. Bringe dich nicht in Schwierigkeiten."

Ich rappelte mich im Sitz auf und drückte meinen

Rücken gegen die Lehne. „Er ist ein netter Kerl und er
redet mit mir, während die anderen nur glotzen."

„Gibt es an deiner Schule keine Mädchen, mit denen
du dich verstehst?"

Mit zusammengebissenen Zähnen sagte ich, „Sie
hassen mich, also nein, ich verstehe mich nicht mit ihnen.
"

Ich drehte mich weg, um den sich auflösenden
Verkehr zu beobachten. Andere Familien lachten, unter-
hielten sich über normale Dinge, wie, was an diesem
Abend im Fernsehen lief.

„Wenn du mehr Freunde hättest, würdest du vielleicht
nicht die ganze Zeit in Schwierigkeiten geraten."

Als sie immer weiterredete, beugte ich mich vor,
steckte meine Hand in meinen Rucksack und suchte nach
meinen Kopfhörern. Ich steckte sie mir in die Ohren,
rammte den Klinkenstecker unten in mein Telefon um im
Anschluss meine Musik aufzudrehen.

Lass sie dich hassen. Seine Stimme durchbrach die
Musik. *So lange sie Angst vor dir haben, kleiner Wolf, wird es
dir gutgehen.*

2

*„B*is später." Ich knallte die Tür von Jens Wagen zu und drehte mich zur Schule, als sie wegfuhr. Brax High war ein langes, verklinkertes Gebäude mit Stufen an der Vorderseite, rostigen Treppengeländern und, im Moment, verschlossenen Vordertüren, da der Unterricht bereits begonnen hatte.

Graue Wolken verteilten sich am Himmel während der Wind heulte, einen nahenden Sturm ankündigend. Eine bittere Kälte kroch über meine Haut und trotz meines langärmligen Schulhemdes rubbelte ich mir das Zittern aus den Armen. Mein blauer Faltenrock der Schuluniform umtänzelte meine Oberschenkel und half kaum dabei, die Kälte fernzuhalten.

Ich habe es lieber, wenn wir beide alleine sind.

„Es gibt immer nur uns beide." Was gewissermaßen traurig war.

Nein, nein, nein. Er lachte, der Klang war teuflisch und, auf seltsame Art, sexy.

Das sollte ich nicht über die Stimme in meinem Kopf denken, aber gut, ich redete ja mit mir selbst. Wenn ich schon wahnsinnig war, dann konnte ich es auch genießen, oder?

Wenn wir beide alleine sind, antwortest du und ich kann dich Dinge fühlen lassen. Dich alles andere vergessen lassen.

„Auch wenn das verlockend klingt, ich habe jetzt Schule", murmelte ich. „Geh zurück dahin, wo du hergekommen bist."

Aua. Möchtest du wissen, wo ich hergekommen bin?

„Nicht das schon wieder. Du bist aus den Schatten gekommen, aus der dunkelsten aller Nächte, bla, bla."

Keine Antwort? Gut.

Mit meiner Tasche in der Hand eilte ich zu den vorderen Stufen der Schule und hielt vor der Doppeltür inne, bevor ich auf die Klingel drückte, um hineingelassen zu werden. Ich zog die Entschuldigung der Ärztin aus meiner Hosentasche. Ein surrendes Geräusch zog meine Aufmerksamkeit auf die Kamera über mir, die schwenkte, um zu zeigen, wer an der Vordertür war.

Ich kann dich brechen, flüsterte er.

Mit vor der Kamera gesenktem Kopf antwortete ich, „Du kannst nicht brechen, was bereits kaputt ist."

Ich sprach nicht über deinen Verstand.

Seine Worte ließen mich aufschrecken. Wenn er nur in meinen Gedanken war, wie könnte er mich dann körperlich verletzen?

Auf die deliziöseste Weise, sagte er mit einer Stimme, die einen leicht zum Sündigen verführen konnte.

Die Hitze stieg etwas zu schnell in mir auf.

Die vordere Tür öffnete sich und ich erschrak. Schulleiter Johnson stand stirnrunzelnd vor mir, gekleidet in seinen maßgeschneiderten Hosen und dazu passender Weste über einem schwarzen Oberhemd. Sein Blick fiel auf die ausgefaltete Notiz und seine Zunge schnalzte.

Ohne ein Wort zu sagen, nahm er das Angebot an und überflog den Zettel, bevor er mich hinein winkte. „Der Unterricht hat gerade angefangen. Du hast sicherlich noch nicht viel verpasst." Heute war sein Tonfall harsch. Jemand musste ihn genervt haben.

„Danke." Ich schwang mir den Träger meiner Tasche über die Schulter und beschritt den stillen Flur, der aggressiv von einer Reihe Neonröhren beleuchtet wurde, die die Spinde in gelblichem Schein erstrahlen ließen.

Ich öffnete die Tür zur Geschichtsstunde, die Scharniere quietschten wie ein todverkündender Geist und ich betrat unter den Blicken aller das Klassenzimmer. Wundervoll.

„Schnell, suche dir einen Platz", ordnete Ms. Brown in ihrem schwarzen Kleid und unter dickem Kohlelidstrich an, der sie wie ein Waschbär aussehen ließ. „Wer kann mir sagen", sagte sie, ohne einen Moment zu verlieren, „warum die Kirche sauer auf Galileo Galilei war?"

Mit gesenktem Kopf schlurfte ich durch die Reihe der Stühle, mein Ziel der leere Platz im hinteren Teil des Raums und achtete dabei auf jeden Schritt, den ich über den Linoleumboden tat.

„Er wurde von der katholischen Kirche als Ketzer bezeichnet", rief jemand. „Er glaubte, dass die Erde sich um die Sonne drehte."

„Ja, und welche Werte der Kirche wurden von Galileis Theorie bedroht?"

Jemand trat mir in die Kniekehle und in Sekundenschnelle gaben meine Beine unter mir nach.

Ich japste, während ich taumelte, verlor das Gleichgewicht und mein Herzschlag pochte in meinen Ohren. Ein dumpfer Knall ertönte, als ich auf dem Boden aufkam, meine Knie und Ellbogen fingen den Sturz ab.

„...sohn", brummte ich.

Eine Flut des Gelächters explodierte im Raum, die Schüler klatschten.

Ich erstarrte und mein Gesicht wurde rot. Die Wut schoss mir durch die Venen.

„Setzt euch alle hin, sofort!", rief Ms. Brown.

Während ich mich von Boden aufraffte, blickte ich zurück, als die halbe Schule den Verlierer anstarrte— mich—mein Blick aber blieb an Sabrina hängen. Die Schönheit der Schule mit perfekt glänzendem Haar, makelloser Haut, vollkommen geschwungenen Augenbrauen. Eins siebzig groß, gertenschlank, mit blondem Haar bis zur Taille, in diesem Moment verabscheute ich sie mehr, als ich es je für möglich gehalten hatte.

Ich blickte hinunter an meinem eins sechzig großen Körper, nicht gerade dünn, zu kleine Brüste, zu große Hüften.

Und ich wusste, dass sie mich hat stolpern lassen... es war immer sie.

Ärger funkelte in ihren gemeinen, kalten Augen und alles, woran ich denken konnte, war, dass wenn sie sich mit mir anlegen wollte, ich mich wehren und sie mit mir in die Hölle hinunterziehen würde.

Ich hatte sie vor ein paar Wochen beim Rauchen in den Toiletten der Mädchen erwischt. Sie wurde bestraft und seitdem hielt sie mich wohl für diejenige, die sie verpetzt haben soll, aber ich es war es nicht.

„Setzt euch sofort hin!", brummte die Lehrerin, aber niemand hörte auf sie.

Die Schüler quatschten und tratschten über mich.

Wieder auf den Beinen bückte ich mich und hob meine Tasche vom Boden auf, schwang sie blitzschnell über die Schulter. Ich erwischte Sabrina im Gesicht damit und wischte ihr so direkt das Grinsen aus dem Gesicht.

Sie schrie, Blut strömte ihr an der Stelle über die Lippe, wo sie der Reißverschluss am Mund verletzt hatte.

Ich schluckte laut und eilte zu meinem Stuhl, fühlte mich nicht einmal ansatzweise schuldig.

„Sie hat mich angegriffen!", weinte Sabrina, Blut tropfte von ihrem Kinn.

„Genug", sagte Ms. Brown. „Was ich gesehen habe war Guen, die gestolpert ist. Nun gehe schnell in das Büro der Krankenschwester und lass sie den Schnitt ansehen, dann gehe ins Büro des Schulleiters."

Sabrinas Lippe zuckte. „Aber sie hat mich geschlagen. Ich blute."

Ein Lächeln umspielte meine Mundwinkel, aber stattdessen senkte ich meinen Kopf und lümmelte mich auf meinen Stuhl.

„Gehe jetzt!", sagte Ms. Brown, unbeeindruckt von Sabrina Versuch, Mitleid zu erwecken.

Ich mochte Ms. Brown von Anfang an. Sie fragte mich, wie mein Tag lief, während die anderen Lehrer sich meist so verhielten, als würde ich nicht existieren.

Sabrina schnappte sich ihre Bücher und ihren Rucksack. „Wieso ist ein Freak wie sie überhaupt in unserer Klasse erlaubt? Ich habe gehört, dass sie Medikamente einnimmt, damit sie nicht die Kontrolle verliert und uns alle umbringt. Sehen Sie, was sie mir angetan hat" Warten Sie nur, bis meine Eltern davon erfahren."

Dafür hättest du ihr die Zunge herausreißen sollen.

Innerlich zuckte ich zusammen, aber ich war kein Narr. Jeder an der Schule lästerte über mich.

Durch meinen Kopf strömte das Gelächter, es klang

auf seltsame Art beruhigend. *Lass sie dich fürchten. Es ist besser, der Wolf statt das Lamm zu sein.*

Ich verhielt mich ruhig, sagte nichts, bis die Tür zufiel und erhob dann meinen Blick. Sabrinas Freunde schauten in meine Richtung. Im Nachhinein betrachtet, hätte ich Sabrina vielleicht nicht angreifen sollen.

Du hättest noch fester zuschlagen sollen.

„In Ordnung, zurück zu Galileo." Die Lehrerin klatschte in die Hände, um die Aufmerksamkeit aller von mir zurück auf den vorderen Teil des Klassenzimmers zu richten.

Ich öffnete mein Schulbuch und ertränkte mich selbst in Worten, die meine Sicht verschwimmen ließen. Die Unterrichtsstunde verschluckte meine Sorgen und die Angst vor der Büchse der Pandora, die ich soeben geöffnet hatte. Mit einem Bleistift in der Hand zeichnete ich auf der Ecke der Seite einen Baum, mit langen, gewundenen Ästen und ich zeichnete noch weitere, um die Zeit totzuschlagen.

In der Mittagspause holte ich mir ein kleines Sandwich, mein Kopf war wie im Nebel. Ich massierte meinen Nasenrücken, um die Schmerzen hinter meinen Augen zu lindern und stopfte dann meinen Rucksack in meinen Spind. Der Flur war voller Schüler, ihre Stimmen waren laut, vermischten sich zu einer chaotischen Katzenmusik. Ich knallte meine Spindtür zu und lief entgegen des Stroms, während alle auf dem Weg zu Cafeteria waren. Heute ertrug ich keine Menschenmassen.

Der Weg nach draußen lag genau vor mir und ich eilte durch die Schwingtüren um nach Luft zu schnappen.

„Freak!" Jemand drängelte sich an mir vorbei, deren Schulter gegen meine knallte.

Sabrinas Freundin blickte finster drein, Hass zeichnete sich in ihren Gesichtszügen ab. Schwarzes Haar, dass zu einem perfekten Bob frisiert war, ohne dass eine einzige Haarsträhne fehl am Platz war. Sie sah blass aus... zu blass. Ihr Schulhemd spannte sich über ihren Bauch, zeigte Haut. Alles Teil eines Looks, den sie diese Woche anstrebte. Das Traurige war, dass ich noch nicht einmal ihren Namen kannte... ich hatte auch kein Interesse daran, ihn zu erfahren.

Mit den Händen tief in den Taschen meiner Schuljacke vergraben marschierte ich weg vom Hauptgebäude und um die Ecke in Richtung der Outdoor-Basketball-Spielfelder.

Überall gab es Beton und Metall, diese Schule war älter als meine letzten Schulen, aber sie alle verwebten sich in meinen Gedanken zu einer. Wir sind wegen Luke hier hergezogen, Jens neuester Partner, den sie auf Tinder kennengelernt hatte. Bis jetzt sind sie für einige Monate ausgegangen und hatten keine ernsthaften Streitereien. Vielleicht würde ich länger als nur ein Jahr an der Brax High bleiben. Für mich wäre das ein Weltrekord.

Getrocknetes Gras raschelte unter meinen Turnschuhen und ich hoffte, dass er auf mich wartete, also richtete ich meine Haare. Der Wind nahm zu und mein Rock wehte um meine Oberschenkel, während ich auf die leeren Plätze blickte.

„Zeigst du deine blaue Unterwäsche herum?", murmelte ein Junge.

Antonio! Ich konnte seinen Blick auf mir spüren noch bevor ich mich umdrehte und mein Herz schlug wie verrückt.

Er lehnte gegen den hinteren Teil des Schulgebäudes. Mein Puls fror in meinen Venen ein, als ich ihn sah. Honigblondes Haar fiel ihm über die Ohren, schmeichelte seiner gebräunten Haut. Einmal hat er mir erzählt, dass er gerne surfte und wenn der Sommer käme, hatte ich vor, ihm dabei zuzusehen. Dabei würde er kein Hemd tragen. Vielleicht würde ich ihn fragen, ob er mir beibringt, wie man surft.

Mit einem Zwinkern, das mich nahezu dahinschmelzen ließ, nahm er einen Zug von dem Joint, den er zwischen seinem Daumen und Zeigefinger hielt und seine Wangen wurden schmal, während er an ihm zog.

Seit meinem ersten Tag, an dem ich diese strahlend blauen Augen auf dem Flur traf, hatte ich mich an ihn verloren. Und wie damals, so sah er mich jetzt auch an, mit Augen, die mit einem teuflischen Schimmer in sich zu lächeln schienen.

Er pustete träge Ringe aus Rauch in die Luft, die schwebten, um dann vom Wind gestohlen zu werden. Doch trotzdem erreichte ein feiner Duft aus Kiefern vermischt mit einem stinkenden Geruch meine Nase.

„Möchtest du probieren?" Er streckte mir den Joint entgegen.

Ich schüttelte meinen Kopf und bewegte mich auf den Unterstand neben dem Gebäude zu. „Mein Kopf fühlt sich bereits ganz vernebelt an."

„Könnte dagegen helfen." Seine Stimme war aufrichtig und so verträumt.

Also griff ich zu, unsere Finger berührten sich, als ich den Joint von ihm nahm. Meine Haut kitzelte an dieser Stelle und mein Herz raste.

Ein Atemzug und der Rauch zog in meinem Hals herab. Meine Lungen dehnten sich aus und ich musste husten, Rauch strömte aus meinem Mund und meiner Nase.

Er lachte als er den Joint zurücknahm. „Man muss sich ein wenig daran gewöhnen."

Nach Luft schnappend hustete ich ein weiteres Mal, mein Hals fühlte sich rau und wund an. Hitze stieg in meinem Hals und in meine Wangen auf, als ich zu atmen versuchte. Nun wusste er sicher, dass ich noch nie zuvor Gras geraucht hatte.

Nimm noch einen Zug, murmelte er in meinem Kopf. *Es wird dich beruhigen.*

„Ich glaube ich habe genug."

„Wie war die Sitzung heute Morgen?" Antonio nahm einen weiteren Zug.

Mir kam das Treffen wieder in den Sinn, zusammen mit den Bedenken der Seelenklempnerin. „Sie denkt, dass ich gefährlich bin", sprudelte es aus mir heraus und ich bereute, dass ich es laut ausgesprochen hatte. Aber Antonio war die einzige Person, der ich von diesen Dingen erzählte, obwohl ich besorgt war, dass er mich vielleicht eines Tages anstarren würde, als ob ich zu seltsam war.

„Gefährlich für wen?" Das Lächeln, welches mich beruhigte, kam zurück, jenes, das mir all die Dinge versprach, von denen ich mit Antonio geträumt hatte.

„Genau! Wenn du keine Freunde hast, dann hast du halt verloren."

„Hey, du hast doch aber mich." Er deutete auf seine Brust während er noch den Joint hielt und seine Augenbrauen zogen sich auf eine süße Art zusammen. „Hör nicht auf sie. Alle Ärzte sind gleich. Sie denken sich Dinge aus, damit sie eine Rechtfertigung für ihren Job haben, um Geld zu verdienen. Sie hat dir bestimmt ein weiteres Rezept für Medikamente angeboten, oder?"

Ich kicherte und nickte.

Er lehnte sich zurück gegen die Wand, sein Körper war schlaksig aber trotzdem noch so verdammt heiß. Seine schwarze Hose hing tief auf seiner Hüfte, das Schulhemd war nicht mehr in die Hose gesteckt und sein Kragen war schief. „Gott, ich bin so high. Das Zeug ist gut. Habe darüber nachgedacht, mir ein Tattoo stechen zu lassen."

„Oh ja? Wovon?"

Er zuckte mit den Schultern. „Da denke ich noch drüber nach. Aber, ich denke, ich möchte es hier an dieser Stelle." Er schob den Ärmel seines Hemds nach oben und ich verfolgte die Linie seines Bizeps, die Muskeln, seine gebräunte Haut. Meine Finger kribbelten.

Ein zerrissenes Schulposter mit den Worten *Lighting it up* flog an uns vorbei und auf den Parkplatz.

„Hey, also der Schultanz findet ja bald statt", murmelte ich. „Gehst du hin?"

Seine Schultern zuckten. „Habe noch nicht einmal darüber nachgedacht. Wann ist er?"

„Samstag in zwei Wochen." Ich hatte Schmetterlinge im Bauch bei dem Gedanken daran, Antonio zu fragen, mit mir dorthin zu gehen. Ich *sollte* ihn fragen.

Nein, solltest du nicht.

Die Frage brannte in meinen Gedanken und meine Nerven zitterten, wenn ich daran dachte, ihn zu fragen. Er war mein einziger Freund an der Schule, also wollte ich nicht, dass die Dinge zwischen uns seltsam würden, wenn er *nein* sagte. Er würde aber nicht *nein* sagen, oder? Aber schließlich habe ich gesehen, wie er mich ansieht, als wäre ich mehr als nur eine Freundin.

Tu es nicht!

Er nahm einen letzten Zug, bevor er den Joint zwischen den Fingern zwirbelte, die Glut auf den Boden fiel und er den Stummel in seine Hosentasche steckte.

„Bin mir nicht sicher, ob ich hingehen werde", gab er zu. „Aber es könnte ein Wahnsinnsspaß werden."

Eine Explosion der Freude durchschüttelte meine Brust bei seiner *vielleicht* Antwort. Mit absoluter Sicherheit würde ich nicht alleine gehen, wenn er *nein* sagte. Wenn ich mit Antonio Zeit verbrachte, verstand er mich einfach. Er sprach nicht mit mir, als wäre ich ein Freak und irgendwie sah ich mich selbst so in einem besseren Licht.

Er kennt dich nicht so, wie ich dich kenne. Er kann dir Dinge nicht... so wie ich sie dir antun kann.

Ich zeigte *ihm* die kalte Schulter, blendete meine Gedanken aus.

Antonio war verdammt heiß und wenn er gehen würde, dann würde er vielleicht *ja* sagen, wenn ich ihn bat, mit mir zu gehen. Vielleicht würde er mich sogar küssen.

Ein gurgelndes Brummen hallte mir durch den Kopf.

Ich brauchte wirklich eine Stummtaste für *ihn.* Ich lehnte mich zurück gegen die Wand. „Also, ich habe nachgedacht." Mein Gesicht wurde ganz rot, meine Handflächen schwitzen und ich wischte sie an meinem schwarzen Faltenrock ab.

Antonio war damit beschäftigt raus auf die Basketball Spielfelder zu schauen. „Denkst du, wenn ich heute spielen würde, könnte ich perfekte Körbe werfen?"

„Möglicherweise." Meine Stimme festigte sich. „Wie auch immer, ich wollte—"

Die Schulglocke klingelte wie eine Kirchenglocke, ohrenbetäubend und hartnäckig. Ich zuckte und Antonio sprang auf seine Füße.

„Ich muss gehen. Ich habe Physik. Vielleicht haben wir Glück und Mr. Humphrey lässt uns Basketball spielen." Er lächelte in meine Richtung und ging. „Bis später."

Und so schnell war ich alleine.

„Ja, sicher." Ich stieß mich von der Wand ab. „Bis zum nächsten Mal", murmelte ich mir selbst zu.

Du bist zu so viel mehr als nur das bestimmt.

„Sei ruhig. Ich habe es satt, dass du Platz in meinem Kopf einnimmst." Ich ging zurück in Richtung der Spinde, um meine Bücher zu holen.

Bevor mein Hintern auf dem Stuhl in meiner Algebra Klasse Platz nehmen konnte, wurde mein Name ausgerufen.

„Guen, in das Büro des Schulleiters", rief Mr. Carpenter quer durch die Klasse, was von allen *oohs* und *aahs* hervorlockte.

Na super.

3

*I*ch atmete abgehackt ein, als sich ein kalter Schauer seinen Weg über meinen Rücken suchte. Den Arsch hatte ich mir aufgerissen, um meine Hausaufgaben rechtzeitig fertig zu bekommen und bin lange aufgeblieben, um zu lernen, damit ich Schulleiter Johnson beweisen konnte, dass ich mit allen mithalten konnte. Um zu verhindern, regelmäßig in seinem Büro antanzen zu dürfen... Und da war ich jetzt wieder. Ich hasste Sabrina.

Du musst sie dafür bezahlen lassen. Lass sie bluten.

Ich tat mir schwer, den Kloß in meinem Hals hinunterzuschlucken, *ihn* auszublenden, weil ich mich damit nicht beschäftigen konnte. Nicht jetzt... Nicht nachdem mir bei meinem letzten Besuch des Büros des Schulleiters mit dem Rausschmiss gedroht wurde. Jen würde ausrasten, wenn das passieren würde.

„Hinsetzen", wies er mich an und ich schob mich auf den Stuhl gegenüber seinem Schreibtisch. Er trug wieder seine Krawatte, die mit dem Star Trek Logo bedruckt war. Er liebte alte Geek-Serien und wenn ich je dazu kommen würde, mir welche anzuschauen, hätte ich ein Ass im Ärmel, wenn ich in sein Büro gerufen würde.

Sein Büro roch nach Sandelholz, sein Schreibtisch war voller Stapel mit Ordnern und Papieren, zwei Kaffeetassen, Briefbeschwerern, einem Taschenrechner und Stiften. Der Miniatur-Wasserfall oben auf dem Aktenschrank gab ein leises Wasserplätschern von sich.

„Weißt du, warum du hier bist?", begann er, wie jedes Mal und seine braunen Augen fixierten mich. Sein kurzes, schwarzes Haar war durcheinander, als wäre er draußen im Wind gewesen.

Panische Gedanken schossen mir durch den Kopf, dass sie mich dafür, dass ich Sabrina angegriffen hatte, von der Schule werfen könnten.

Regen prasste gegen die Fensterscheibe. *Tip. Tip. Tip.* Bäume wippten im vorderen Hof der Schule.

Ich richtete meine Aufmerksamkeit auf Schulleiter Johnson und nickte. „Ich weiß, dass es falsch war. Es ist nur so, dass sie mich immer und immer wieder getriezt haben. Ich wollte, dass es aufhört."

Seine buschigen Augenbrauen zogen sich zu einem verwirrten Stirnrunzeln zusammen. Er suchte in dem Chaos auf seinem Schreibtisch nach einer Fernbedienung und stellte den Fernseher in der Ecke des Raumes an. „Schauen wir es uns an."

Mein Herzschlag klopfte in meiner Brust und ich rutschte näher bis auf die Kante meines Stuhls.

Der Bildschirm flimmerte, verschwommen am Anfang, dann schaltete er um auf das Bild der Seitenwand der Schule, die Überwachungskamera filmte den Schulhof. Gott, er hat gesehen, wie ich einen Zug von Antonios Joint genommen habe? Ich hätte es wissen sollen, hätte nach Kameras Ausschau halten sollen. Aber

Antonio rauchte dort schon so lange und ist nie erwischt worden.

Aber das war es nicht. Die Furcht boxte mir in den Bauch, denn ich wusste, was ich mir ansah, noch bevor ich im Blickfeld der Kamera auftauchte.

Ich konnte nicht atmen, konnte mich nicht bewegen.

Vor der Wand stehend zog ich zwei Spraydosen heraus, eine in jeder Hand und machte mir an der Klinkerwand zu schaffen. Etwas, was ich letzten Monat getan hatte, vor Wochen an einem beschissenen Tag, als meine Konzentration dahin war, als mir jeder zu laut war, als ich in die Mädchentoilette geschubst und dort für drei Stunden eingesperrt worden war, bis mich endlich jemand schreien gehört hatte.

Wir werden uns an Sabrina rächen, sie wird um Gnade winseln.

Ich fuhr mir mit zitternder Hand übers Gesicht und nuschelte, „Sei ruhig."

Schulleiter Johnson sah mit erhobener Augenbraue in meine Richtung und ich erstarrte, konzentrierte mich wieder auf den Fernseher. Auf dem Bildschirm war meine Aufmerksamkeit Lichtjahre entfernt, meine Augen glasig. So sah ich also aus, wenn ich zeichnete?

„Ich habe genug gesehen", brummte ich, senkte meinen Blick auf meine Hände in meinem Schoß, wohlwissend, dass ich dieses Mal meine Taten nicht leugnen konnte.

„Ich räume ein, dass das Bild, welches du gemalt hast, spektakulär ist", begann er, was mich dazu ermutigte, ihn anzusehen, mit Hoffnung in meiner Brust. Er gab mir ein Foto des Wandbilds, das ich gemalt hatte.

Der Pfad in den dunklen, verschlungenen Wäldern, das große Königreich, welches goldene Strahlen weit in

der Ferne reflektierte, die Brücke, die zwei Berge umspan-
nte. Und den Schatten im Wald, lauernd, immerzu
beobachtend.

„Aber du hast Schuleigentum beschädigt." Die
Stimme des Schulleiters hob sich. „Und dieses war nicht
das erste Mal. Ich kann darüber nicht mehr hinwegsehen.
"

Fest im Griff stummer Panik, entzündete sich mein
Verstand, meine Atemzüge wurden viel zu schnell. Mein
ganzer Körper fühlte sich an, als wäre er verkrampft. Ich
wollte nicht an einer anderen Schule wieder anfangen, da
ich Antonio hier hatte und Jens Wut wirklich nicht
ertragen konnte.

„Bitte, Sir. Ich werde ein Jahr lang den Putzdienst
übernehmen. Ich habe mich wirklich bemüht." Am liebsten hätte ich mich in mir selbst eingerollt und
versteckt.

Mein kleiner Wolf, bettle nicht. Ich werde dir beibringen,
wie sie dir alle zu Füßen auf die Knie fallen werden.

„Hast du das?", entgegnete mir Schulleiter Johnson.
Sein Ärger war wie Feuer auf meiner Haut. „Heute im
Geschichtsunterricht bist du in einen Streit geraten und
von dem Augenblick an, als du mein Büro betreten hast,
konnte ich riechen, dass du geraucht hast."

Plötzlich fühlte sich der Raum so klein an, so eng, die
Luft war schwer und schwankend. Er beobachtete mich,
analysierte mich, genau wie die Seelenklempnerin heute
Morgen.

Ich kann dir vorsagen, was du zu diesem Mann sagen
kannst, damit er dich an dieser Schule lässt.

Mein Mund konnte sich weder öffnen noch
antworten, nicht während Schulleiter Johnson mich
ansah.

Nervös rollte ich meine Ärmel nach oben, meine Gedanken gerieten außer Kontrolle.

Sag ihm, dass Antonio dich zum Rauchen gezwungen hat. Dich davon überzeugt hat, dass es helfen würde und dir gedroht hatte, wenn du es nicht versuchen würdest. Dass du seit Wochen auf ihn hörst, ihm glaubst und dass sein Gras dich dazu getrieben hat, die Wand zu bemalen.

Meine Aufmerksamkeit erhöhte sich und ich sah dem Schulleiter in die Augen, um die Enttäuschung in seinem stark verwitterten Gesicht zu erkennen, aber ich konnte Antonio dafür nicht verantwortlich machen. Konnte ihn nicht in meine Scheiße ziehen und er würde mich hassen, wenn ich ihn in Schwierigkeiten bringen würde. Das würde ich nicht tun. Er verdiente Besseres.

„Bitte", bettelte ich. „Nur noch eine Chance. Ich verspreche mich zu ändern."

Er schüttelte den Kopf. „Deine Pflegemutter kommt, um dich abzuholen. Ein paar Tage zu Hause sollten dir gut tun, bis ich eine Entscheidung getroffen habe."

Seine Worte drangen durch mich wie ein Felsen, der mich in die tiefsten Gruben des Ozeans zog. Ich bekam kaum Luft und rutschte auf meinem Stuhl umher, versuchte eine Entschuldigung für Jen zu finden. Ich wollte kämpfen und schreien, dass er das doch nicht tun konnte.

Ich versuchte mein Bestes, um die Furcht zu verstecken und sagte, „Okay. Ich hoffe, Sie können mir eine allerletzte Chance geben."

Schwach, so schwach.

Und in diesem Moment hasste ich die Stimme in meinem Kopf, verabscheute *ihn*.

Besser zu Hassen und nicht diesen Kampfgeist zu verlieren.

„Warte draußen vor meinem Büro."

Ich stand auf, mit meiner Tasche in der Hand und marschierte nach draußen, ließ die Tür hinter mir ins Schloss fallen. Nachdem ich mich auf einen Stuhl gegenüber der Anmeldung fallen ließ, schloss ich meine Augen und ließ die Welle der Furcht über mich rollen, mein Körper war erstarrt. Was ich brauchte war ein besser bezahlter Nebenjob als meine Wochenendschicht im örtlichen Kino. Dann könnte ich genügend Geld sparen und alleine weggehen, wäre auf niemanden angewiesen. Ich weiß, dass es verrückt war, aber ich hatte genug davon, ständig wegen irgendeinem Quatsch zurechtgewiesen zu werden.

Jemand berührte meinen Arm. Ich zuckte und sah hoch, um Jen zu sehen. Ihr Namensschild war noch auf der Tasche ihres Hemds von ihrer Arbeit als Sozialarbeiterin. Ihre Augen funkelten irgendwie dunkel, ihr Mund war angespannt. Aber sie behielt ihre Haltung, ihre Stimme war scharf. „Ich spreche jetzt mit deinem Schulleiter. Es wird nicht lange dauern."

Meine Knie wippten, während ich dort saß, wartend, als mir die Rezeptionistin ein kurzes Lächeln schenkte, obwohl sie wusste, dass ich in Schwierigkeiten steckte. Die ganze Schule würde es früh genug herausfinden.

Einige Minuten später kam Jen zurück, ihre Handtasche hatte sie fest unter den Arm geklemmt. „Lass uns gehen", kläffte sie.

Die Glocke läutete als wir raus in den Flur liefen. Schüler kamen aus den Klassenräumen und eilten durch die Flure zur nächsten Unterrichtsstunde.

Jen lief vor mir entlang des Flurs in Richtung des Ausgangs, als ich hochschaute und Antonio sah. Mein Herz blieb stehen, mein Blick wanderte von Jen, die an der Tür wartete, um hinausgelassen zu werden, zu Antonio, dem ich erzählen wollte, warum ich für eine Weile nicht mehr zur Schule kommen würde. Der Junge schrieb keine SMS, also wollte ich nicht, dass er dachte, ich wäre verschwunden.

Ich machte einen Schritt auf ihn zu, während Jen auf ihr Handy schaute. „Hey—" Meine Worte aber lösten sich in Luft auf, als Sabrina hinter der Ecke auftauchte. Mein Puls raste wegen der Tatsache, dass ich von der Schule flog, sie aber bleiben durfte.

„Sabrina", rief Antonio und mein Magen verkrampfte. Noch nie zuvor habe ich die beiden reden sehen.

Als sie sich zu ihm umdrehte, schimmerte etwas in ihren Augen, sie machte einen Schmollmund und streckte ihre Brust ein wenig zu weit heraus.

Die einzige Gemeinsamkeit war unser blondes Haar, meins jedoch ging mir bis zu den Schultern, ungebändigt, nicht so wie ihres. Nichts an mir war wie sie. Wie konnte ich mich mit ihr vergleichen?

Allein ihr Blick auf Antonio, dass sie dieselbe Luft zum Atmen mit ihm teilte, ließ mich erschaudern.

„Hey, was ist los?", stichelte sie und grinste dabei viel zu breit. Gott, sie flirtete mit ihm.

Ich bereitete mich auf seine Antwort vor, hielt den Atem an und hoffte, es ging nur darum, dass sie etwas fallengelassen hat, oder dass jemand nach ihr suchte.

Er fuhr mit der Hand durch seine Haare. „Ich habe gehört, dass der Schultanz in zwei Wochen ist. Möchtest du hingehen?"

Ihr Gesicht strahlte triumphierend, während mich eine krankmachende Wut überkam und ein Loch in meinen Bauch riss. Sie überkam mich wie ein Wirbelsturm und zerriss mich in Stücke. Ich dachte er... Es verschlug mir den Atem. Ich dachte er mochte *mich*.

Ich starrte sie einfach nur an, mein Körper war taub, mein Herz stand in Flammen. Ich stolperte voran, ein Teil von mir bestand darauf, ihm zu sagen, was ich empfand. Vielleicht würde er nie erfahren, wie sehr ich ihn wollte.

„Kommst du?" Jens Stimme ließ mich zusammenzucken. Ihre Hand lag auf meinem Ellbogen und zog mich davon, innerlich aber starb ich ab. Und ich sah sie einfach nur an, während sie sich unterhielten, Krallen vergruben sich in meinem Herzen.

Neben Jen stolperte ich her, während mich ein Inferno verschlang. Er hat die Schlampe mir vorgezogen? Als ich ihr Lächeln gesehen hatte, die Art, wie sie sich ihr Haar über die Schulter warf, sah ich nichts außer Hass. Schaut sie euch an. Die Designerturnschuhe, das neue Handy, die teuren schnurlosen Kopfhörer. Sie hatte alles, wieso also musste sie mir Antonio wegnehmen?

Als ich ihn ansah, war alles was ich jetzt spürte, der Stich der Klinge in meinem Herzen, die sich tiefer hineinbohrte und mich entzwei schnitt.

Der Rest der Welt um mich herum wurde diesig. Tränen trübten die Dunkelheit, die kam um mich zu holen. Vielleicht würde sie ihm einen Korb geben. Vielleicht würde er sich dann für mich entscheiden.

Die Leute lügen, seine Taten nicht. Ich habe es dir gesagt, du brauchst ihn nicht.

Alles drehte sich, mein Leben, die Schule, der Himmel... ich.

„Hey, geht es dir gut?", fragte Jen, als sich ihre Finger in meinen Arm bohrten.

Meine Knie gaben nach und plötzlich zitterte ich heftig, meine Sicht verschwamm. Die letzten Worte, die jemand brüllte, waren, „Sie hat einen Anfall!"

*J*emand stieß meinen Arm an, immer und immer wieder, und ich brummte unter meinem Atem, aus meinem Traum gerissen. Der, der immer kam um mich zu holen. Der verschlungene Wald, die Angst, das Versprechen der Freiheit, wenn ich fliehen konnte.

Als ich meine Augen öffnete schwebte Olivers Gesicht über mir und er grinste. Vor Schreck, wie nah er war, fuhr ich aus der Haut. Die braunen Augen, seine Nase, die mit Sommersprossen übersät war.

„Was zur Hölle machst du?" Ich schubste meinen neun Jahre alten Pflegebruder zur Seite.

Mein Blick fiel auf die makellos weiß gestrichenen Wände, das Fenster, welches mir nur den bewölkten Himmel zeigte und den Regen, der auf das Glas prasselte. Ich atmete den klinischen Duft des Krankenhauses ein, in dem ich mich befand. Das Letzte, woran ich mich erinnerte, war, dass ich in der Schule ohnmächtig geworden war.

„Warum bin ich hier?"

Ich werde immer für dich da sein. Seine Stimme beruhigte meine Gedanken, streichelte mich hin zu einer Verschnaufpause und die Versuchung, ihm endlich nachzugeben, war heute so nah.

Bist du bereit zu fallen?

„Du sitzt richtig in der Tinte." Oliver lachte bei seinen Worten und holte mich aus meinem Nebel.

„Was?" Der blaue Vorhang um mein Bett war halb geschlossen, daher konnte ich die Tür nicht sehen. Aber Stimmen, die ich nicht wiedererkannte, flüsterten von den anderen Betten hinter dem Vorhang. Andere Patienten.

„Wo ist Jen?"

Gerade als ich fragte, trat sie mit einem knappen Lächeln hinter dem blauen Vorhang vor. „Wie geht es dir? " Sie setzte sich neben mich auf das Bett, nahm meine Hand in ihre und jetzt durchfuhr mich die Angst.

„W-Was ist los?", stammelte ich.

Sie sah mich voller Mitgefühl an, voller Sorge. Sie tätschelte meine Hand. „Die Ärzte glauben, du könntest einen epileptischen Anfall gehabt haben, daher werden sie noch ein paar Tests machen. Sie sagen, dass du morgen vielleicht nach Hause gehen kannst."

Epilepsie? Ich hatte schon genug, womit ich fertig werden musste. Das brauchte ich nicht... das wollte ich nicht. Das Adrenalin schoss so schnell durch mich, ich konnte Galle in meinem Rachen schmecken, als müsse ich mich jeden Moment übergeben.

„Es ist noch nicht bestätigt, dass es das ist, was passiert ist. Ich persönlich glaube, es ist durch den ganzen Stress gekommen, den du heute durchgemacht hast." Sie senkte ihre Stimme. „Warum hast du dich von Antonio überzeugen lassen, Gras zu rauchen? Ich könnte wetten, dass das alles verursacht hat."

Hatte es? Vielleicht... ich hatte keine Ahnung. So viel war in zu kurzer Zeit geschehen. „Es tut mir leid", war alles, was ich sagte.

Ihr Telefon klingelte und sie sprang auf ihre Füße, um aus dem Zimmer zu rennen.

Oliver saß unaufhörlich grinsend auf dem Besucherstuhl und beobachtete mich.

„Warum bist du nicht in der Schule?", entgegnete ich schnippisch.

Er verdrehte die Augen. „Die ist seit ein paar Stunden aus. Gott, bist du doof."

Ich schüttelte mit dem Kopf, für ihn hatte ich keine Zeit.

„Mama ist so sauer auf dich", begann er. „Du hast Drogen genommen, hat sie gesagt. Und, dass sie die Nase voll hat."

Es drehte mir den Magen um, als ich darüber nachdachte, wie schnell alles außer Kontrolle geraten war.

„Sie hat gesagt, dass sie eine neue Pflegefamilie für dich suchen", murmelte er vor sich hin.

Ich drehte meinen Kopf in seine Richtung um und er brach in Gelächter aus. „Oh mein Gott, du hättest dein Gesicht sehen sollen."

Arsch. Es gab Zeiten in denen ich meinen Pflegebruder hasste, wie zum Beispiel genau jetzt... der kleine Scheißkerl log, wenn er den Mund nur aufmachte, doch trotzdem kratzten seine Wörter in meinem Kopf.

Und jetzt konnte ich dem Gedanken, den er in meinen Kopf gepflanzt hatte, nicht mehr entkommen. Suchte Jen wirklich nach einer neuen Pflegefamilie für mich?

4

*D*er Traum kam wieder, immer derselbe, ein Ort, den ich zu gut kannte, ein Ort, an dem ich bereits Hunderte Male zuvor gewesen war. Und je öfter ich ihn aufsuchte, desto mehr hatte ich das Gefühl, dass ich dort hingehörte... in meinen Kopf, nicht nach draußen. Nicht hier, vor einem Spiegel stehend und mich wundernd, was ich mit dem Tag anfangen sollte, von meinem Leben ganz zu schweigen. Nicht in der realen Welt gefangen zu sein, mit allem, was dazu gehörte. Pflegefamilien, einer blöden Schule und dem Teilzeit Job, der ein paar Vorzüge wie kostenlose Filmvorstellungen mit sich brachte.

Ich zog das orangene T-Shirt über meinen Kopf und an meinem Oberkörper hinunter. Das Logo, *Cinemaximum*, zierte meine Brust. Dann kämmte ich mein Haar zu einem hohen Pferdeschwanz und griff nach dem orangenen Haargummi. Unter meinen Augen waren noch immer Augenringe und ich beugte mich näher zum Spiegel in meinem Schlafzimmer heran, drückte sie um zu schauen, ob sie noch geschwollen waren. Meine blauen

Augen waren blass wie Eis, meiner blassen Haut und meinem weißblonden Haar zu ähnlich. Ich zupfte meinen Pony zurecht. Ich sah halbwegs anständig aus, auch wenn ich ein bisschen einem Geist glich.

Warte, bis ich dir dein wahres Ich zeige.

„Ich würde es bevorzugen, wenn das nie passieren würde", murmelte ich. „Nicht das Mädchen, das mit sich selbst spricht und seltsame Träume hat. Besser, wenn sie das normale Mädchen sehen, welches ich nach außen hin bin."

Normal ist so überbewertet.

„Sagt der Teufel auf meiner Schulter."

Du hast meine schlechte Seite noch nicht einmal gesehen.

Ich hielt inne, überrascht von den Dingen, die manchmal meinem Kopf entstammten, Dinge, die zu real schienen.

Ich hatte mich definitiv die letzten Wochen zu lange zu Hause eingepfercht, hauptsächlich im Bett oder auf dem Sofa und mir Wiederholungen der Serie *Die Schrecklichen Abenteuer von Sabrina* angeschaut. Es erinnerte mich daran, wie Antonio Sabrina nach einer Verabredung zum Schultanz gefragt hatte und die Szene spielte sich immer und immer wieder in meinem Kopf ab. Ich hätte mich nicht selbst damit quälen sollen, aber ich konnte nicht aufhören. Vielleicht habe ich es mir nur eingebildet, dass Antonio in mir etwas anderes als nur eine Freundin gesehen hatte.

Ich hatte in den vergangenen Tagen mit meiner Chefin im Kino darüber gesprochen, dieses Wochenende wieder zur Arbeit zu kommen, da ich meine Schichten an den letzten Wochenenden versäumt hatte. Seit über einer Woche hatte ich nun keinen Anfall mehr, obwohl die Ärzte sagten, ich könnte an Epilepsie leiden und dass sie weitere Tests machen müssten. Mit all diesem Scheiß in meinem Kopf musste ich raus und Samstage waren die meistbesuchtesten Tage im Kino.

Wenn du stattdessen zurück ins Bett gehst, kann ich dich alles vergessen lassen.

„Hey, wo kam das denn her?"

Ich denke, ich habe heute eine Art spielerische Laune.

„Ich würde sagen, ich bin schon tief genug gefallen, nur weil ich mit dir rede."

Kleiner Wolf, du kennst nicht die Bedeutung von Fallen... noch nicht jedenfalls. Wie ich schon sagte, je tiefer du gräbst, desto tiefer wirst du fallen.

„Wer hat das gesagt?"

Jemand.

„Klar. Das hast du dir gerade ausgedacht."

Ziemlich poetisch, nicht wahr?

„Eigentlich ist es gar nicht schlecht. Da gebe ich dir Recht."

Er lachte stark und dunkel, kam von irgendwo aus der Tiefe und entlockte mir ein Lächeln. *Also, gehen wir zurück ins Bett um zu kuscheln?*

„Sehr lustig. Ich muss zur Arbeit." Ich schlüpfte in meine schwarzen Turnschuhe, sah, dass mein Bett noch nicht gemacht war und die Decke ein Haufen Durcheinander war. Dann war da noch die abgenutzte Staffelei in der Nähe des Fensters, zusammen mit Dutzenden grober Zeichnungen in einem unordentlichen Haufen auf dem Boden, mit der Vorderseite nach unten. Mir war klar, dass Jen darauf bestehen würde, dass ich mein Zimmer aufräumte.

Ich kann dich ohne Ende ärgern und das kann ich sogar sehr gut.

„Also, Angeber, ich gehe zur Arbeit. Es steht dir also frei, eine kalte Dusche zu nehmen."

Schüsse aus *Fortnite* dröhnten durch das Haus. Oliver würde den Tag mit Computerspielen verbringen.

„Was gibt es zum Frühstück?", fragte ich, als ich die Wohnküche betrat, die von der Sonne durchflutet wurde. Er saß auf dem L-förmigen Sofa mit dem Controller in der Hand und klebte an dem großen Bildschirm. Ich drehte mich zu dem Tischchen an der Wand um, steckte meine Hand in die Schüssel, in der wir alle unsere Schlüssel aufbewahrten und allen anderen möglichen Kleinkram wie Schrauben, Münzen, Haargummis und Miniatur-Spielautos.

„Ich kann ein paar Waffeln machen", antwortete Jen aus der Küche.

„Hört sich gut an. Hast du meine Autoschlüssel gesehen?" Ich kippte den Inhalt der Schüssel aus und suchte nach ihnen.

Ich sah Jen über meine Schulter an, die gerade eine Kelle Teigfertigmix auf das Waffeleisen gab und vorgab, mich nicht gehört zu haben.

„Oliver, mache das leiser", brüllte ich, aber er streckte mir einfach seine Zunge raus und erhöhte die Lautstärke seines Spiels.

Luke, Jens Lebenspartner, spazierte in seinen gestreiften Pyjamahosen und einem schwarzen T-Shirt ins Zimmer. Er war groß und dünn, trug struppiges, braunes Haar, das mich an ein Schaf erinnerte, und er lächelte die ganze Zeit. Alles an ihm war gütig und Glückseligkeit. Er war mir der Liebste von allen Exfreunden von Jen, also hoffte ich, dass es mit den beiden klappen würde.

„Ich brauche mein Auto", rief ich das Geschützfeuer übertönend.

„Die alte Rostlaube hat ihr Verfallsdatum weit über-schritten", sagte Luke zu mir im Vorbeigehen, seine nackten Füße klatschten auf dem Holzboden auf seinem Weg in die Küche. „Trotzdem hat uns Collins Autohof noch gut dafür bezahlt."

Seine Wörter knallten mir gegen den Kopf und ich wirbelte herum. „Entschuldige bitte! Jen, was habt ihr getan? Habt ihr verdammt nochmal mein Auto verkauft? "

Sie schnaubte und warf Luke ihren Todesblick zu.

Seine Augen wurden groß und seine Wangen blass. „Hast du es ihr noch nicht erzählt?"

„Nein! Ich habe auf den richtigen Augenblick gewartet."

„*Den richtigen Augenblick*", brüllte ich. Ich stampfte in die Küche, die Arbeitsfläche zwischen uns lassend, damit ich sie nicht erwürgte. „Wie den Morgen, an dem ich zurück zur Arbeit gehen soll. Warum hast du mein Auto verkauft?" Meine Stimme wurde immer höher.

„Oliver!" Jen kreischte und endlich drehte er die Laut-stärke herunter.

Vor lauter Wut zitterte ich. Wie konnte sie das hinter meinem Rücken, ohne mich zu fragen?

„Guen." Sie öffnete den Deckel des Waffeleisens, bevor sie sich zu mir drehte und eine Hüfte an der Arbeitsfläche anlehnte, als würden wir uns über das Wetter unterhalten. „Als ich dir dieses Auto gekauft habe, wusste ich nicht, dass es damit so viele Probleme gab. Es verliert Öl neben anderen Dingen und es würde zu viel kosten, es reparieren zu lassen. Außerdem hat der Arzt empfohlen, dass du nicht fahren solltest für den Fall, dass du einen weiteren Anfall haben könntest."

„Du musstest mein Auto aber nicht gleich verkaufen!

Oder hättest vielleicht erst einmal mit mir darüber reden sollen."

Luke nickte und sah zu Jen rüber. „Da hat sie Recht."

„Ach sei ruhig, du kannst jetzt die Waffeln fertig backen." Sie kam auf mich zu, aber ich wich zurück, ich konnte keine weitere Sekunde in ihrer Gegenwart sein. Mein Leben geriet völlig außer Kontrolle im Moment. Damit konnte ich nicht auch noch zusätzlich zu allem anderen fertig werden.

„Holt mir mein Auto zurück!", rief ich.

„Süße, es ist das Beste so. Und wir können das Geld, das wir vom Autohof bekommen haben, gut gebrauchen."

„Nein, es ist das Beste für dich, nicht für mich. Ich kann dir nichts mehr glauben." Ich wirbelte herum, krallte mir meinen Hausschlüssel und meine Tasche vom Tisch und eilte nach draußen.

„Guen, deine Waffeln", rief mir Luke hinterher, als ich die Tür zuknallte.

Mein Rücken knallte gegen die Tür und Tränen flossen mir aus den Augen. Alles in meinen Gedanken brannte, mein Körper brannte, aber ich wischte mir meine Wangen trocken. Ich hasste dieses Gefühl der Machtlosigkeit, wie sauer ich auf Jen war, mir etwas wegzunehmen, was ich nur für mich hatte. Sie hatte mir den letzten Rest meiner Unabhängigkeit gestohlen, an dem ich mich festklammerte.

Du wirst immer mich haben.

„Dadurch geht es mir auch nicht besser." Ich stieß mich von der Tür ab, wischte weitere Tränen fort und beschritt den Gehweg, vorbei an heruntergekommenen Stadthäusern, verlassenen Häusern, die vom Unkraut verschlungen wurden und Kindern, die an der Straße spielten und Bilder auf den Asphalt malten. Aber ich hatte mich genau in diesem Moment dazu entschlossen, dass ich mich zurückkämpfen würde, vielleicht genug Geld ansparen würde, um mein Auto zurückzubekommen, oder ein anderes.

Ich drückte meine Kopfhörer in die Ohren, ließ mich dann von dem starken Beat einlullen und eilte zu Fuß zur Arbeit.

Sie hat mein Auto verkauft! Ich konnte es nicht glauben...

Zehn Straßen weiter atmete ich schwer und Southbridge City umgab mich, übergroß und hell von der Morgensonne angestrahlt. Mein Blick schimmerte an den Kanten und ich wusste nicht, ob ich richtig atmete. Ich musste mehr rausgehen und mich mehr bewegen.

Die Leute eilten in den Geschäften ein und aus, Autos hupten und verstopften die Straße. Alles war in ein Bild gestopft und ein hinunterziehendes Gefühl der Verzweiflung ergriff mich. Ich wusste nicht, in welche Richtung ich gehen sollte.

Ich spazierte in die Nähe einer Gasse und blickte entlang eines hellen Durchgangs, als die Luft bebte.

Mein Blick klarte auf, der Pfad verdunkelte sich vor meinen Augen und öffnete sich hin zu den verschlungenen Wäldern. Wind riss an den Ästen, schüttelte sie gewaltsam. Flüchtige Blicke auf das Schloss, das weit in der Ferne lag, die taumelnde Brücke und der Himmel in einem ominösen grauschwarz. Der Donner grummelte und ließ den Boden unter meinen Füßen erzittern.

Ich stolperte rückwärts, mein Herz raste.

„Pass auf!" Jemand schubste mich am Rücken, ich wirbelte herum, mein Kopf schwirrte.

„Entschuldigung", stammelte ich dem Mann im Geschäftsanzug entgegen, der den Gehweg entlang lief.

Ich drehte mich zurück zu der Gasse, in der ich nur eine Mülltonne und einen Haufen Kisten sah. Kein Anzeichen des Königreichs, von dem ich hätte schwören können, dass es vor wenigen Sekunden noch da war. Das gleiche Bild wie das Wandbild auf der Klinkerwand der Schule, oder alles andere, was ich skizzierte.

Ich rieb meine Augen und starrte hoch zum Schild der Hauptstraße.

Die Furcht legte sich erdrückend um mich, kratze an meinem Inneren, denn, und das wollte ich nicht zugeben —*konnte* ich nicht zugeben—vielleicht hatten Debbie und Jen Recht. Vielleicht verlor ich den Bezug zur Realität.

Den Rest des Wegs zur Arbeit rannte ich. Ich hielt nicht an, bis ich durch die Vordertür des Kinos platzte, nach Atem ringend, vom Zittern beherrscht. Was war los mit mir?

Anstatt mir selbst zu erlauben, auszuflippen, die Panik wie eine Lawine durch mich hindurch abgehen zu lassen, eilte ich in den Mitarbeiterbereich, um meine Schicht anzutreten. Eine Ablenkung war genau das, was ich brauchte.

„Ich habe noch nie erlebt, dass das Kino so voll war", sagte Lee, eine Frau, die nur ein paar Jahre älter war als ich. Sie trug ihre Haare immer straff zu einem Pferdeschwanz gebunden und dicke Lidstriche aus Kohlekajal, der ihre haselnussbraunen Augen betonte. „Ich bin so froh, dass du heute gekommen bist." Ihr Lächeln war vielversprechend und gab mir Hoffnung, dass ich kein vollkommen hoffnungsloser Fall war. Und ich mochte sie, weil sie mich nicht verurteilte, weil sie nichts über mein wirkliches Ich wusste.

Wir alle tragen einen Schatten in uns, sie auch.

Ich sah mich im Foyer um und erkannte einige

Gesichter aus der Schule. Alles schnürte sich zusammen, als ich sie erblickte, aber ich war auf der Arbeit und ich würde einfach ein Lächeln aufsetzen und ihr Starren ignorieren.

Lee widmete sich der Popcorn-Maschine und füllte sie auf, während ich mich einem wartenden Kunden zuwandte und weitere durch die Tür hineinströmten.

Diese Hilfsaufgaben sind unter deinem Niveau, mein kleiner Wolf.

Ich ignorierte die Stimme in meinem Kopf und lächelte die Kundin an, als ich ihr ihre Kinokarten reichte.

Ich werde dir beibringen, großartig zu sein, deinen Platz in den Reihen der Gefürchteten einzunehmen und ich werde dir Freuden zeigen, die doch noch nie erfahren hast.

„Ich bin gleich bei Ihnen", sagte ich lächelnd zum nächsten Kunden, während ich mich bückte und so tat, als würde ich etwas aus dem Regal nehmen und flüsterte, „Würdest du jetzt ruhig sein und aus meinem Kopf verschwinden?"

Ich sehe ausschließlich die Wahrheit und du weigerst dich, deine Augen dafür zu öffnen, dass du so viel besser als das hier bist. Du kannst jene, die dich verletzt haben, bluten lassen, um sie daran zu erinnern, wer unter ihnen lebt.

„Du machst mich verrückt."

Nie habe ich gesagt, dass ich eine gute Person bin. Ich konnte das verschlagene Lächeln in seiner Stimme hören, mir nahezu vorstellen, wie sein Grinsen von Ohr zu Ohr reichte.

Außer, dass dies alles in meinem Kopf war, in meinem verworrenen, kaputten Verstand.

„Was willst du von mir?", flüsterte ich.

„Guen, geht es dir gut?", fragte Lee und ich flippte aus.

Ich krallte mir eine Handvoll Werbeflyer und sprang

auf meine Füße, zwängte mir ein Lächeln auf. „Ja, ich fülle die hier eben auf."

„Ja, gute Idee, aber lass uns das tun, wenn es etwas ruhiger ist."

„Natürlich." Ich drehte mich zu dem Kunden um, der bereits finster dreinblickte, also hackte ich seine Bestellung in den Touchscreen der Kasse.

Ich will, dass du mir gehörst. Dass du unter meiner Berührung erzitterst, meinen Namen rufst. Dass du mein schlechtes Benehmen lieben wirst.

Ich biss die Zähne zusammen, ignorierte die Worte, die kaum einen Sinn ergaben, den Schrecken davor, dass ich selbst mit mir auf diese Art sprechen konnte und die Furcht, dass ein Teil in mir es mehr mochte, als ich mir selbst eingestehen wollte.

Als sich die Menschenmasse endlich auflöste, wand ich mich meiner Chefin zu. „Ich bin gleich zurück. Brauche nur eine kurze Pinkelpause."

Sie nickte und ich schloss meine Kasse bevor ich zu den leeren Toiletten eilte. Dort warf ich mich selbst vor ein Waschbecken und spritzte mir mit zitternden Händen kaltes Wasser ins Gesicht.

„Was ist mit mir los?", fragte ich laut.

Ich hob meinen Kopf und starrte in den Spiegel, in die Angst, die mir ins Gesicht geschrieben stand und die Blässe meiner Lippen.

„Bitte hör auf. Hör auf, so einen Quatsch darüber zu erzählen, Leute zu verletzen. Das bin nicht ich. Lasse mich einfach in Ruhe."

Stille folgte und ich genoss den Frieden, die absolute Ruhe. Nachdem ich mir das Gesicht mit einem Papierhandtuch abgetrocknet hatte, wand ich mich der Tür zu.

Ich mag ein Monster sein, du aber bist naiv.

5

„Lukes Tochter, Evelyn, wird eine Weile bei uns wohnen. Sie wird das freie Zimmer im Keller beziehen", erklärte Jen, als sie mir beim Abendessen eine Schüssel mit Kartoffelbrei in die Hand drückte. Sie tauschte einen kurzen Blick mit Evelyn aus, die mir gegenüber saß.

Evelyn war die Art Mädchen, die ich am liebsten hasste, mit ihren makellosen roten Locken, der perfekten Knochenstruktur und Haut, die glatt wie Seide war. Sie war dünn und strahlte durch und durch Schönheit aus.

„Warum?", platzte Oliver heraus, sein Mund war voller Kartoffeln und ich konnte mir das Lächeln nicht verkneifen, da mir klar war, dass er nicht nur zu mir gemein war.

„Meine Exfrau macht gerade ein bisschen viel durch", erklärte Luke, während er Evelyn mit so viel Bewunderung ansah, dass ich es vermisste, auch einen Vater zu haben, der mich so sehr liebte.

Wenn meine Eltern mich nicht im Wald zurückgelassen hätten, als ich nur wenige Monate alt war, würden sie mich dann auch mit dieser Liebe ansehen? Evelyn hatte jemanden, der sie anbetete und dies immer tun würde. Jen sorgte sich auf ihre eigene Art um uns, aber es war nicht dasselbe.

„Am liebsten wäre es mir, wenn sie dauerhaft bei uns bliebe", fügte Luke hinzu. „Weißt du Oliver, Evelyn arbeitet auf dem Jahrmarkt beim Strand am Riesenrad. Vielleicht kann sie dich umsonst fahren lassen, wenn wir alle mal einen Abend dorthin gehen."

„Klar, das kann ich machen", murmelte Evelyn mit angespannter Stimme.

Wie bekam man einen Job, bei dem man das Riesenrad betrieb? Welche Qualifikationen waren nötig, um einen Knopf zu drücken?

Aber Evelyn lächelte nicht, stattdessen legte sich ihre Stirn in ein Dutzend Falten. „Mama ist Alkoholikerin, Papa, sage es doch einfach wie es ist. Sie verlor das Bewusstsein und wurde ins Krankenhaus gebracht. Das ist, was passiert ist." Ihre Stimme brach ab, sie senkte ihren Kopf und starrte auf das Schweineschnitzel auf ihrem Teller.

Zu Beginn schien sie die Art Frau zu sein, die anderen Mädchen die Jungs ausspannte... aber den Schmerz in ihrem Gesicht zu sehen, die Tränen, die ihr in die Augen stiegen, wenn sie dachte, dass niemand hinsah, ließen es mir schwer ums Herz werden. Sie war nicht wie Sabrina, überhaupt nicht.

Das Leben legte ihr Steine in den Weg, genau wie mir, also verstand ich sie und hatte Mitleid mit ihr.

„Evelyn ist genauso alt wie du", fuhr Jen fort. „Ihr könnt morgen gemeinsam zur Schule gehen."

Ich warf ihr einen forschen Blick zu. Wurde diese Frau senil? „Hast du vergessen, dass ich suspendiert bin?"

Evelyns Blick fiel auf mich. Vielleicht sah sie eine andere Person in Not, jemanden, der sein Leben auch nicht auf die Reihe bekam.

Vielleicht verurteilt sie dich?

„Guen." Jen sah nun in meine Richtung, ihr Mund verzog sich zu einem dünnen Lächeln, als wäre sie kurz davor, gute Nachrichten zu überbringen. „Ich habe vergessen dir zu erzählen, dass Schulleiter Johnson Freitagabend angerufen hat, um zu sagen, dass er dir noch eine Chance geben wird. Dieses Mal erlaubst du dir besser keinen Fehltritt mehr oder ich schicke dich ins Kloster, das schwöre ich bei Gott."

In meinem Kopf verwoben sich so viele Gedanken, erdrückten mein Gehirn. „Warum erzählst du mir das erst jetzt?"

„Ich habe es vergessen." Sie zuckte mit den Schultern und schaute zu Evelyn hinüber, dann zurück zu mir. Versuchte sie das neue Mädchen zu beeindrucken?

Mich nahm einfach alles mit und ein Feuer brannte in meiner Brust.

„Machst du Witze? Erst mein Auto, jetzt das. Es ist, als gäbe es mich in diesem Haus nicht mehr." Ich stieß mich vom Tisch ab und marschierte aus dem Raum, direkt in mein Zimmer.

„Du bist heute Abend mit der Spülmaschine dran", rief Jen mir hinterher, bevor ich die Tür zuknallte.

Ein bisschen zu viel Drama, aber mir gefällt es. Zeige ihnen, wer der Boss ist.

Ich rieb mir die Augen, erschöpft von allem. Zurück zur Schule zu gehen bedeutete, Antonio zu sehen, zu wissen, dass er Sabrina den Vorzug gab und das zerriss mich innerlich. Außerdem hasste ich es, den Bus zur

Schule zu nehmen, da auch Sabrina mit ihm fuhr. Aber jetzt hatte ich kein Auto mehr. Ich wollte schreien.

Ich warf mich auf mein Bett und ließ mich davon treiben. Keine Ahnung, wie viel Zeit vergangen war, aber als es schließlich still wurde im Haus, kehrte ich in die Küche zurück und merkte, dass alle ins Bett gegangen waren, das Licht noch brannte und im Spülbecken einen Haufen Geschirr auf mich wartete. *Bäh.* Also machte ich mich an den Abwasch, bevor Jen Evelyn noch mein Zimmer gab und ich im Keller schlafen durfte.

Riesenrad? Ist das eine Art Waffe oder Sexspielzeug?

Beinahe verschlug es mir den Atem, der glitschige Teller rutschte mir aus den Händen, aber ich fing ihn auf, bevor er auf den Boden knallte.

„Wovon redest du? Es ist nur ein Fahrgeschäft auf dem Jahrmarkt", flüsterte ich und blickte mich augenblicklich zum Flur um.

Für eine Weile kam keine Antwort mehr, also wusch ich weiter das Geschirr ab. Das einzige Geräusch war das Klappern der Teller.

Diese Fahrten werden auf Jahrmärkten verkauft? Wohin führen die Fahrten?

Ich rieb mein Kinn und dachte nach. „Es fährt mit dir hoch in den Himmel, damit du die atemberaubende Aussicht genießen kannst und dann zurück nach unten. Es ist ein riesiges, rundes Fahrgeschäft aus Metall mit Sitzen."

Magst du diese Fahrten?

Ich zuckte mit den Schultern und kniff meine Lippen zusammen. „Ja, sie sind nicht schlecht. Im Riesenrad küssen sich viele Paare."

Ist es das, was du mit Antonio machen wolltest?

Meine Muskeln verkrampften sich und ein Teller rutschte mir aus den Händen ins Wasser. „Warum kommst du jetzt mit diesem Scheiß an? Wenn ich jetzt mit ihm dort oben wäre, dann würde ich ihn aus der Kabine schubsen."

Er lachte so wundervoll böse, sodass ich nicht anders konnte, als mit ihm zu lachen. Ein Blick über meine Schulter, ich erwartete, dass jemand kam, um nach mir zu sehen, aber niemand kam.

„Warum denkst du, mag er mich nicht?", flüsterte ich, während ich den Topf mit den Überresten des Kartoffelbreis schrubbte.

Die Frage ist nicht, warum er dich nicht mag, sondern warum du möchtest, dass er dich mag?

„Manchmal bist du so tiefgründig."

Es ist mein Fluch. Schließlich bin ich der Prinz der Dunkelheit.

„Ist das so, Eure Hoheit?", scherzte ich. „Und warum würde jemand, der so königlich ist, seine Zeit damit verschwenden, mit jemandem, der so bürgerlich und zerbrochen ist wie ich, zu reden?"

Weil du innerlich ein Monster bist, genau wie ich. Ich bin hier und warte darauf, dass du dich zu mir gesellst, so tief zu fallen, damit du dich endlich selbst findest.

„Ja, du weißt sicher, dass das wahnsinnig unheimlich klingt."

Ich hätte das wirklich nicht fördern oder herausfinden sollen, dass ich es als normal empfand und genoss, mit mir selbst zu reden und darauf zu antworten... aufregend.

Du kannst nicht vor deinem Schatten davonlaufen.

„Das ist es also, wer du bist?" Ich trocknete meine Hände an dem Küchentuch ab und ging ins Bett, schaltete auf meinem Weg alle Lichter aus. „Wer bist du genau? Jemand, den ich mir ausgedacht habe, damit ich

Gesellschaft habe? Um die verrückten Träume und Visionen, die ich habe, zu verarbeiten?"

Es spielt keine Rolle wer ich bin. Wer bist du?

Die Zahnräder in meinem Gehirn arbeiteten nicht schnell genug, um seiner Frage einen Sinn zu geben, da ich das Gefühl hatte, dass die Antwort so viel tiefgründiger war.

„In Ordnung. Wie wäre es, wenn du mir sagst, wer ich bin?"

Vor langer Zeit kamen Dunkelheit und Licht zusammen und erschufen eine Schönheit... eine Schönheit, die diese Welt zerstören wird.

„Wow okay, das hatte ich nicht erwartet. Wo hast du das geklaut? Aus der Bibel?" Obwohl, ich hatte nie die Bibel gelesen.

Ich zog mich aus und schlüpfte in meinen Schlafanzug, bevor ich mich ins Bett legte. Ich zog meine Bettdecke hoch bis zu meinem Kinn und lehnte mich hinüber, um meine Nachttischlampe auszuschalten.

Du wurdest vergessen, kleiner Wolf. Aber ich weiß genau, wer du bist. Ich muss dich bloß finden.

„Richtig! Und du sprichst nur in Rätseln, wenn ich dich bitte, dich zu erklären? Wie auch immer. Ich werde jetzt schlafen."

Das silbrige Mondlicht fiel durch das große Fenster in mein Schlafzimmer und erleuchtete alle dunklen Ecken. Genau das war der Grund, warum ich mich für dieses Zimmer entschieden hatte. Ich war nicht der größte Fan der Dunkelheit.

Ich drehte mich um und schloss meine Augen.

*S*chroff wurde ich aus dem Schlaf gerissen, eingehüllt in Schweiß, die Dunkelheit verzog sich aus den Ecken meiner Augen. Der Schatten aus dem verschlungenen Wald kam jedes Mal um mich zu holen— jedes Mal. Die Nacht hüllte noch immer das Zimmer ein. Die Uhr auf meinem Nachttisch zeigte 5:01 an. Ich ließ mich zurück in die Kissen fallen, atmete schwer und fühlte mich, als wäre ich noch immer in meinem Traum.

Das Atmen fällt mir so viel leichter, wenn ich deinen Herzschlag spüre, dein Körper gegen meinen.

Nachdem ich mich geräuspert hatte, öffnete ich meine Augen. „Sehr poetisch dafür, dass es noch so früh am Morgen ist", krächzte ich.

Unsere Unterhaltung bedeuten so viel mehr, als du es je erahnen könntest.

Ganz ehrlich, ich wusste nicht, wie ich fühlte, wie ich der Stimme in meinem Kopf, die das sagte, antworten sollte.

Ich habe an dich gedacht, während du geschlafen hast, stichelte *er*, mit temperamentvoller Stimme.

„Ach, ja?"

Ich sehne mich danach, meine Finger über deinen Körper gleiten zu lassen. Erzähle mir... Er atmete schwer. *Erzähle mir, wie es sich anfühlt?*

Meine Augen öffneten sich weit, das hatte ich nicht im Geringsten erwartet. „Nein! Und wenn du in meinen Gedanken bist, dann weißt du das."

Ich wusste, dass mein kleiner Wolf verschlagen war.

Meine Wangen hätten nicht rot werden sollen, aber es durchzuckten mich bereits zarte Flammen, die so tief reichten, dass ich meine Oberschenkel bei diesem Gefühl zusammenpresste.

„Hör auf, Quatsch zu erzählen." Ich schob meine Decke weg und stand aus meinem Bett auf, der Fußboden fühlte sich kalt unter meinen Fußsohlen an.

Diese Sehnsüchte haben einen reizenden Ausgang. Etwas in seiner Stimme ließ mich beben mit einem überwältigenden Gefühl, das mich schnell verschlang und mein Herz so laut schlagen ließ, dass ich wacklig auf meinen Beinen wurde und kaum noch Luft bekam.

Lasse es mich dir zeigen.

„Nein! Einfach nein!" Die Vorstellung, dass es mir gefallen könnte und ich mich selbst weiter verlieren würde, als es schon der Fall war, ängstigte mich.

Ich schaltete das Licht ein und sah zu meiner Staffelei, entschied mich dafür, dass Zeichnen die perfekte Ablenkung davon war, dass mein Verstand mich verführte. Gott, ich wurde wahnsinnig.

Mit einer frischen Leinwand bereitete ich die Farben und Pinsel vor, bevor ich anfing. Ich zeichnete einen langen Strich, dann noch einen und einen weiteren, der verschlungene Baum erwachte zum *Leben. Er* sprach nicht mehr und ich ließ mich gehen.

„Guen, bist du fertig?", rief Jen aus dem Flur.

Ich erwachte aus meiner Konzentration und sah, dass der Raum von Tageslicht durchflutet wurde und der Wecker acht Uhr anzeigte. „Oh, verdammt." Wo war die Zeit hin?

Schnell steckte ich den schmutzigen Pinsel in das Wasserglas auf dem Fußboden und rannte ins Badezimmer, um mich fertigzumachen.

Als ich angezogen war, nahm ich meine Medikamente und schmiss mir meinen Rucksack über die Schulter.

Jen reichte mir eine braune Papiertüte. „Waffeln und

ein Sandwich. Jetzt geht. Luke fährt euch beide heute
Morgen zu Schule."

„Danke." In Eile inhalierte ich das Frühstück und ging
nach draußen, wo Evelyn auf dem Vordersitz der kleinen
Limousine saß. Damit hatte ich kein Problem. Ich hüpfte
auf den Rücksitz und war froh, dass ich heute nicht den
Bus nehmen musste.

Schüler füllten heute Morgen die Flure der Schule,
einige warfen mir einschneidende Blicke zu, waren überrascht, dass ich zurück war, zweifelsfrei. Evelyn war im
Sekretariat, um sich anzumelden und ich steckte mir
meine Kopfhörer in die Ohren um mich auf meinen Weg
entlang des Flurs zu machen.

Es dauerte nicht lange, bis mich jemand am Arm
festhielt und ich drehte mich um, als Antonio mir
gegenüber stand.

Mein Herz raste, mein Magen hing mir in den
Kniekehlen. Dafür war ich nicht bereit und konnte keine
Wörter finden.

„Ich habe dir hinterher gerufen", sagte er.

Also zog ich meine Kopfhörer heraus, sah mich um
nach einem Anzeichen von Sabrina, konnte sie aber nicht
entdecken. „Was ist los?"

„Habe gehört, dass du rausgeschmissen wurdest.
Schön, dass du wieder da bist." Er hatte kein Recht dazu,
dieses großartige Lächeln aufzusetzen und mich glauben
zu lassen, dass er mich mochte. Ich kannte jetzt die
Wahrheit... Es war nicht ich, die er wollte, sondern
Sabrina. Ich war das seltsame Mädchen, mit dem er
abhing, über das er hinter meinem Rücken wahrscheinlich lachte, darüber, dass ich so viel zerbrochener war als
er. Es schmerzte, vor ihm zu stehen, brannte wie Säure in
meinem Hals.

Alles was ich mir ausmalen konnte war er, wie er mit Sabrina lachte.

„Ja, danke. Ich muss jetzt in meine Klasse." Dann eilte ich davon.

„Guen, geht es dir gut?", rief er mir nach, aber ich drehte mich nicht um, traute mich nicht, zurück-zublicken, oder ich würde zerfallen und ihm nachgeben. Ich steckte mir wieder meine Ohrstöpsel in die Ohren und drehte die Lautstärke auf das Maximum, um alles auszublenden, sogar *ihn*.

Die meisten der Unterrichtsstunden gingen wie im Flug um, in denen ich mich auf den Lernstoff und sonst nichts konzentrierte. Zu Mittag hatte ich meine Mahlzeit und saß in der letzten Ecke in der Annahme, alleine zu essen, aber jemand stellte ihr Sandwich und ihren Saft neben meinen und setzte sich.

Evelyn grinste. „Die Leute an dieser Schule sind seltsam."

„Wieso?" Ich nahm einen Bissen meiner Waffeln, sah zu, wie sie gewaltsam ihr Lunchpaket aufriss und ihre roten Locken hinter ihr Ohr steckte.

„Naja die Mädchen im Biologieunterricht zum Beispiel waren alle super freundlich zu mir, teilten sogar ihre Schokolade mit mir und dann im Flur, da stellten sie mir ein Bein und lachten."

„Regel Nummer eins: Diese Schule ist von Schlampen überlaufen. Regel Nummer zwei: Die Jungs hier sind der letzte Abschaum. Regel Nummer drei: Vergiss nie die ersten beiden Regeln."

Sie lachte und biss in ihr Sandwich. Ein Schatten legte sich über uns.

„Hallo, Evelyn."

Ich sah hoch, um Noah mit seinem schwarzen, nach

oben gegelten Haar und diesen blauen, verträumten Augen zu entdecken, für die jedes Mädchen an der Schule schwärmte. Ob er sich an mich aus dem Wartezimmer der Psychiaterin erinnerte? Wahrscheinlich nicht, bedachte man, dass sein Blick nicht auf mir ruhte.

„Hi", antwortete sie, sagte sonst nichts weiter und aß ihre Mahlzeit.

„Möchtest du dieses Wochenende mit mir zum Schultanz gehen?" Die Wörter gingen ihm so leicht von der Zunge, genau wie die von Antonio. Im Hintergrund schauten ein halbes Dutzend Mädchen auf Noah, waren wie hypnotisiert vom ihm. Ob ihre Herzen zerbrachen, als sie sahen, dass er mit dem rothaarigen Mädchen sprach, das neu an der Schule war?

„Danke", antwortete Evelyn. „Aber ich muss *nein* sagen. Wahrscheinlich gehe ich mit Guen und wir machen einen Mädelsabend." Sie blickte herüber und lächelte.

In diesem Moment mochte ich Evelyn mehr, als ich es für möglich gehalten hätte. Ich grinste breit, ganz besonders nun da Noah mit offenem Mund geschockt dastand. Ohne ein weiteres Wort leckte er sich über die Lippen, steckte seine Hände in die Taschen und verließ die Cafeteria. Ich hatte nichts gegen den Jungen, aber ein Gefühl der Zufriedenheit erfüllte mich.

„Er ist nicht mein Typ", sagte sie. „Er läuft mir schon den ganzen Morgen hinterher, redet die ganze Zeit über sich selbst, wie ihn alle Mädchen an der Schule wollen, er aber nur Augen für mich habe." Sie tat so, als müsse sie sich übergeben. „Wer sagt so etwas?"

„Ein verzweifelter Verlierer." Ich kicherte.

„Kannst du dir vorstellen, dass er versucht hat, mich zu bestechen, indem er sagte, dass seinem Vater das größte Autogeschäft der Stadt gehöre und er mir ein super Angebot machen könnte, wenn ich ein Auto wollte?"

Ich schnaubte halbherzig, aber dann schlug mir die Realität ins Gesicht.

Warte! Collins Autohof. Noahs Nachname war Collin.

Sein Vater hatte mein Auto gekauft! Mir kam die verrückteste Idee, sie hämmerte in meinem Kopf wie eine Trommel.

Ich sprang von meinem Stuhl auf. „Ich bin gleich zurück."

Dann rannte ich aus der Cafeteria.

6

„Steig ein", wies Noah mich von dem Fahrersitz seines roten Sportwagens an, der unter einer kaputten Straßenlaterne geparkt war.

Ich suchte die dunkle Straße ab, die ich gerade entlang gerannt war, der Wind rüttelte an den Bäumen entlang des Gehwegs. Kein Anzeichen von Jen. Ich betete, dass sie nicht gehört hatte, wie ich aus dem Schlafzimmerfenster geklettert war und mir gefolgt war. Ich huschte in Noahs Auto, rang nach Luft und schnallte mich an.

„Bist du bereit, das zu tun?", fragte er mit ruhiger Stimme, während sein Mund sich zu einem Lächeln verzog.

Ich nickte und drehte mich zu ihm um. „Gott, du musst einen Vater wirklich hassen! Du siehst kein bisschen nervös aus." Ich schwitzte wie eine Bestie.

Er lachte schnaubend. „Mein Vater ist ein Arsch an einem guten Tag und er verdient so viel mehr, als ein Auto zu verlieren."

Seine Worte überraschten mich, aber wie *er* sagte, jeder hatte seine Schatten.

Gutes Mädchen.

Ich rutschte in meinem Sitz herum, starrte raus auf die Straße. „Du hast alle Papiere unterschrieben und—?"

„Entspann dich, du machst mich ganz nervös. Ich habe alles geregelt. Keiner wird dich hochnehmen, weil du ein Auto gestohlen hast. Es ist wieder auf dich zugelassen." Er brachte den Wagen auf Touren, der Motor schnurrte, dann haute er den Schaltknüppel aus Glas in Position und trat aufs Gas. Ich wurde in meinen Sitz gedrückt und mein Magen hing mir im Hals. Wir rasten die leise Straße entlang. Es war schon fast Mitternacht.

„Ich könnte wetten, dass deine Freundinnen es lieben, wenn du sie mit diesem Auto beeindruckst."

„Ja, kann sein." Er sah mich an und die Schatten tanzten in seinem Gesichtsausdruck, sein Blick klebte an mir. „Du hast mit ihr gesprochen?"

„Ja, Evelyn geht mit dir zum Schultanz. Abgemacht ist abgemacht."

Treffe keine Abmachungen, kleiner Wolf.

Aber ich hatte mich entschieden. Ich würde Jen erzählen, dass ich mein Erspartes dafür verwendet hatte, um mein Auto zurückzukaufen.

„Also von wo kann ich mein Auto mitnehmen?"

„Vom Autohof."

Mein Innerstes verkrampfte sich. „Du sagtest doch, du hast es schon." Meine Stimme war angespannt und meine Knie wippten. „Sag nicht, dass wir es vom Autohof klauen müssen? Hat dein Vater keine Überwachungskameras?"

„Beruhige dich. Ich sagte doch, ich habe alles unter Kontrolle, okay?" Er schüttelte den Kopf und nahm die nächste Kurve etwas zu schnell, die hinteren Räder brachen aus.

Ich klammerte mich am Türgriff fest und war

überzeugt davon, dass ich einen schrecklichen Fehler
begangen hatte, zu denken, dass ich ihm vertrauen
konnte. Jen durfte nichts hiervon erfahren, denn ich
traute es ihr durchaus zu, dass sie mich wirklich in ein
Kloster schicken würde.

Dann gehe jetzt.

Auf diese dumme Empfehlung hin hob ich eine
Augenbraue. Mit der Geschwindigkeit, mit der Noah fuhr,
würde ich sterben, wenn ich versuchte, mich plötzlich aus
dem Auto herauszurollen.

Schon bald wurden Häuser durch das Industriegebiet
ersetzt und Noah hielt in den Schatten an, fern von der
nächsten Straßenlaterne.

Ich kniff die Augen zusammen und starrte in die
Dunkelheit. „Wo sind wir?"

Er fummelte an etwas in der Mittelkonsole, seine
Bewegungen brachten einen Schlüsselbund hervor und
die Aufregung stieg in mir auf. Ich würde mein Auto
zurückbekommen, etwas Kontrolle über mein Leben
zurückerlangen. Evelyn war leicht zu überzeugen, solange
ich während der Nacht bei ihnen blieb. Ich war froh Folge
zu leisten.

Du denkst nicht klar, kleiner Wolf.

Ich griff nach dem Türgriff und flüsterte in meinen
Atem hinein, „Du irrst dich."

„Du bist wirklich süß, weißt du das?"

Gebannt in meinem Sitz wand ich meinen Kopf
herum, überzeugt davon, mich verhört zu haben. „Sag
nicht so einen Quatsch. Ich brauche deine Komplimente
nicht, oder was auch immer das werden soll."

„Wem hast du zugehört, dass du kein Kompliment
annehmen kannst?"

„Okay, das ist keine Unterhaltung, von der ich

erwartet hätte, sie mit dir zu führen—jemals." Hitze stieg meinen Hals hinauf und hoch an meinen Wangen. „Du hast vorher nie wirklich mit mir gesprochen, also ja, du weißt schon."

Er rutschte im Fahrersitz herum, um mich anzusehen, seine Hand befand sich in seinem dunklen Haar und er strich es nach hinten. „Das war mein Fehler." Er hielt inne. „Übrigens, in diesem Pullover siehst du nett aus."

Ich sah an dem schwarzen Outfit herunter, welches ich aus nur einem Grund aus meinem Kleiderschrank gekramt hatte: um wie ein Ninja auszusehen, der sich aus dem Haus schleicht.

„Warum tust du das?", fragte ich.

„Was tun?" Er lächelte so perfekt, seine vollen Lippen waren köstlich. Da gab es etwas verlockendes, fast verbotenes, an ihm. Etwas, das mir zuvor nicht aufgefallen war, aber so wie er mich ansah, ließ mein Bauch die Schmetterlinge frei.

„Nett zu mir sein", erklärte ich.

Kleiner Wolf, knurrte *er* warnend.

„Weil du es verdienst."

Noah lehnte sich herüber und seine Finger strichen ein paar Haarsträhnen aus meinem Gesicht, seine Berührung war zärtlich... so zärtlich. Das Tempo meines Herzens nahm zu und als ich ihm in seine eisblauen Augen blickte, erlaubte ich mir selbst, ihm seine Worte zu glauben. Lass seine Hand die Seite meines Gesichts berühren. Und für diese wenigen Augenblicke war es Antonio, der mit mir im Auto saß, der mich berührte, der näherkam. Ich brauchte ihn bei mir. Mich fühlen zu lassen, dass es ich war, die er sich ausgesucht hatte. Ich, die er wollte.

Nein, kleiner Wolf.

Lippen klemmten meinen Mund so schnell ein, so chaotisch—alles geschah viel zu schnell. Seine Zunge drückte sich gegen meine Lippen, Hände wanderten über meine Schultern, an meinen Armen hinunter und zogen am Stoff meines Pullovers.

Schwere Atemzüge stießen gegen mich und ich konnte kaum meine Lungen mit Luft füllen, als er sich an mich drückte und seine Arme mich in meinen Sitz pressten.

Lauf!

Ein schreckliches Gefühl strömte durch meinen Bauch, dann kam die Panik, dick und schnell. Ich rammte meine Hände gegen seine Brust, aber er war wie eine Steinwand, die nicht nachgab.

Seine Zunge leckte an meinem Hals, seine Finger spielten mit meinen Haaren. Etwas in seinen Augen veränderte sich, verdunkelte sich mit Macht. Seine Hände wurden kräftiger, fordernder.

Die Luft war dickflüssig, es war schwer zu atmen und die Furcht erdrosselte mich bei dem Gedanken daran, dass er mehr als nur einen Kuss wollte, so viel mehr.

„Hör auf, Noah, bitte!" Ich stemmte mich gegen ihn.

Sag es ihm... Sah ihm, dass du willst, dass er dich zu einem anderen Ort bringt. Auf den Rücksitz. Seine Stimme wurde lauter, aufgebracht. *Dann lauf weg.*

Meine Furcht wuchs als Noahs Hand unter mein Hemd glitt und meine Haut berührte. Er stöhnte und mein Herz donnerte vor Angst. Ich hämmerte gegen ihn. „Geh' runter von mir!"

„Beruhige dich", brummte er.

Sag es ihm!!

Wieder küsste Noah mich, dieses Mal fester und seine Hand schob sich unter den Bund meiner Jeans und meiner Unterwäsche, seine Finger rutschten über das kleine Büschel Haare und tiefer.

Ich schrie auf. Mein Körper zitterte, lehnte sich gegen seinen auf, Adrenalin rauschte durch meine Venen. Sein Mund presste sich gewaltsam auf meinen und er kletterte halb über die Mittelkonsole wie ein Monster, welches mich besteigen wollte.

Schwere, tobende Atemzüge wallten über meinen Verstand wie ein donnernder Sturm, der kurz davor war, auszubrechen. *Mach schon! Brüllte er. Jetzt!*

„R-Rücksitz." Ich griff nach dem Türgriff, krabbelte, angestrengt, die Tür zu öffnen. Meine Finger legten sich um das Metall und ich zerrte daran, aber es gab nicht nach. Der Bastard hatte uns eingeschlossen.

„L-Lass uns auf den Rücksitz gehen."

Noah bleckte die Zähne gegen meinen Mund, seine Hand zog an den Knöpfen meiner Jeans. „Ich finde es gut hier."

„Lass' es sein!" Ich schwang meine Fäuste gegen ihn, meine Welt verdunkelte sich, je mehr ich meine geballten Fäuste gegen seinen Kopf und seine Schultern hämmerte. Seine Zähne verletzten heftig meine Lippe, Blut umgab meine Zunge, während seine Hand an meiner Unterwäsche zerrte und das Reißen von Stoff die Stille der Nacht durchstieß.

„Sei ein braves Mädchen und sei verdammt noch einmal still."

Taubheit ergriff Besitz von mir. Mein Gehirn konnte sich nicht konzentrieren, während ich versuchte einen Ausweg zu finden.

Die Dunkelheit aber umsäumte die Ränder meiner tränenden Augen, als Noahs ekelerregender Mund sich an

meinem verankert hatte, seine grabschenden Hände
waren überall auf mir.

Der Sportwagen fing unter mir an zu beben und Noah
fiel dies oder das plötzliche Knirschen nicht auf.

*Er wird bezahlen, kleiner Wolf. Er wird mit seinem Leben
dafür bezahlen, dich je berührt zu haben.*

Ein unsichtbarer Griff festigte sich um meinen Hals
und ich zitterte, als mich eine weitere Welle überkam,
schneller als die erste. Meine Welt verschwamm und
Galle stieg in meinen Hals auf.

Binnen Sekunden überfiel meinen Körper ein Anfall
im Beifahrersitz, Angst durchströmte mein Herz.

Das Auto ruckelte rabiat, die Scheiben zitterten.
Metall ächzte, klang wie eine große, knurrende Bestie.
Plötzlich schwang die Motorhaube auf, das Metall verbog
sich vor meinen Augen.

Noah warf sich zurück auf seinen Sitz, seine Augen
weit aufgerissen vor Angst, starrte er durch die Wind-
schutzscheibe. „Was zur Hölle?"

Ein blendender Blitz zuckte und alles wurde unter mir
fortgerissen, ich fiel in einen Krater aus Dunkelheit, die
Welt wurde mir gestohlen. Meine Schreie hämmerten in
meinem Kopf, ich streckte meine Arme aus und versuchte
etwas zu fassen zu bekommen, irgendetwas.

Ich stürzte so schnell und konnte nichts erkennen.

Mit einem dumpfen Schlag traf ich etwas Federndes
und Weiches, das meinen Sturz abfederte als mir ein
Schrei über die Lippen kam. Ich ließ meinen Blick
umherstreifen, hin zu dem großen Fenster, der Truhe mit
den Schubladen, dem Spiegel, der Staffelei. Und unter
mir war mein Bett... Ich war wieder in meinem Zimmer,
den gläsernen Schaltknauf aus Noahs Sportwagen
umklammernd.

„W-Was g-geschieht hier?" Ich warf den Schaltknauf in Richtung des Fußendes des Betts, als wäre er ein widerwärtiger Teil von ihm.

Die Verwirrung prügelte auf mich ein und nichts ergab einen Sinn. Meine Haut kribbelte, mein Verstand ertrank in dem, was mit Noah geschehen war und wie ich in Sekundenschnelle hier hin zurückgekommen war. Wie konnte sich das Blech seiner Motorhaube von selbst verbiegen?

Ich sah mich weiter im Raum um, blinzelte stark, rechnete damit, dass dies eine Vision war, ein Traum— alles außer der Realität. Erwartete, dass ich aufwachen würde, um die Unklarheit in meinem Kopf zu lichten, denn diese Dinge geschahen nicht im echten Leben. Das konnten sie nicht.

Schluckauf vermischte sich mit meinem Atem und ich krabbelte unter meine Bettdecke, wollte mich vor der Welt verstecken und war davon überzeugt, dass dies irgendwie ein schrecklicher Traum war. Als ich mich einrollte, weigerten sich die Tränen aufzuhören, zu fließen und ich konnte das schmutzige Gefühle, dass über meine Haut kroch, nicht unterdrücken. Ich schloss meine Augen, betete, dass ich einfach einschlafen und nie wieder aufwachen würde.

Und ich werde hier sein, um dich aufzufangen, kleiner Wolf.

7

„Bist du schon wach?!"
Jens Stimme riss mich aus dem Schlaf, meine Augen waren weit geöffnet. Schweiß lief mir über den Rücken, während Stränge des verschlungenen Waldes wie Spinnweben blieben und mich zurück in meinen Traum zerrten.

Ich starrte gegen die weiße Decke, mein Innerstes fühlte sich nicht richtig an, irgendwie verwickelt, als wäre ein Teil von mir in Traum verblieben. Der Teil, der sich nicht so recht daran erinnern konnte, welcher Tag war, was ich zuletzt getan hatte. Eine Zwischenwelt, in der ich frei schwebte.

Sturmwolken warfen Schatten durch das Fenster, gaben die Bäume draußen wie gebrochene und knorrige Äste wider. Etwas an ihnen sah vertraut aus, und nicht nur, weil ich sie in meinen Träumen oder zuvor in meinem Zimmer gesehen hatte. Ähnliche Schatten hatte ich woanders gesehen, komplett verzerrt und verbogen, an mein Fenster klopfend, während ich eingekuschelt und eingehüllt in meiner Decke war. Ich erinnerte mich an ein schummrig beleuchtetes Zimmer, das nach den süßesten Klementinen roch und das panische Flüstern von jemandem ertönte in meinen Ohren.

Es gab kaum Erinnerungen an meine frühen Jahre in meinem Kopf, aber das drängte sich in den Vordergrund, saß wie ein Fels in meinem Verstand, als wolle es, dass ich mich erinnere.

„Stehst du bald auf?", rief Jen von draußen vor meinem Zimmer und zerstörte damit meine Konzentration.

Ächzend richtete ich mich auf, bevor sie hereinstürmte, meine Aufmerksamkeit aber fiel auf den gläsernen Schaltknauf am Fußende meinem Betts.

All die Ereignisse der letzten Nacht walzten durch mich, entrissen meinen Gedanken den Frieden. Galle stieg mir wieder in der Speiseröhre hinauf.

Noah.

Wie er seine Hand in meine Hose drängte.

Dass ich aus seinem Auto gefallen und auf meinem Bett gelandet bin.

Ich wollte aus meiner Haut kriechen und davon schweben. Nichts machte Sinn außer der Übelkeit, die durch meinen Magen glitt, da Noah sich mir aufgezwängt hatte.

Seine Zunge wird eine Trophäe an meiner Wand sein.

„Dann sorge dafür! Mach etwas, was sich lohnt! Sei ein Held... Etwas. *Irgendetwas!*" Ich knurrte, während ich atmete, schüttelte mich bei dem Gedanken daran, was Noah mir angetan hatte, dass er mich getäuscht hatte, damit ich ihm vertraute. Hatte er überhaupt mein Auto oder war das auch eine Lüge?

Ich bin kein Held.

„Was bist du dann?", sprudelte es aus mir heraus.

Ich bin der Wolf, der sich rächen wird. Das Monster hinter dir, welches in deiner Misere badet. Der Einzige, der dich wieder zusammensetzen wird.

„Hör auf in Rätseln zu sprechen", heulte ich, frische Tränen brannten in meinen Augen, als ich aus meinem Zimmer stürmte, über den Flur und die Badezimmertür aufstieß, bevor ich mich darin einschloss.

„Du erzählst mir die ganze Zeit, dass du für mich da bist. Dass, wenn ich falle, du mich auffangen wirst." Ich zitterte, mein Rücken drückte sich gegen die gefliese Wand, während ich hinunter auf meinen Hintern sank. „Ich bin jetzt bereit. Hole mich von diesem Ort weg. Ich bin tief genug gefallen." Die Wege der Tränen waren auf meinen Wangen sichtbar und ich legte meine Arme um meine Knie, war von dem Schmerz und dem Abschaum zerrissen, den ich im Inneren fühlte.

Ach, kleiner Wolf... Seine Stimme riss ab und verstummte dann.

„Ja, das dachte ich mir."

Du hast keine Ahnung, wie weit ich für dich gehen würde.

Ich ertrank in Selbstmitleid und wollte nichts anderes, als alleine gelassen zu werden. Unsichtbar zu sein. All die Erinnerungen zu vergessen, all das Schlechte, all den Hass. Ich rief mir eine Erinnerung ins Gedächtnis, die mir von einer anderen Pflegefamilie erhalten geblieben ist. Ein älteres Mädchen hatte mir einmal erzählt, dass ich, wenn ich vergessen werden wollte, mich selbst ignorieren musste. Eine Aussage, für die ich Jahre brauchte, um sie ganz zu verstehen und ich hasste sie die ganze Zeit dafür, dass sie das zu mir gesagt hatte. Aber sie wusste es besser als ich. Um zu überleben, musste ich meine Gefühle ignorieren, ganz egal, wie sehr sie mich zerrissen oder ängstigten. Niemand

sah mein Innerstes und diese ganze Hässlichkeit,
außer mir.

Vielleicht waren all diese Vorkommnisse nur in
meinem Kopf und Jen musste davon erfahren, um mir zu
helfen. Ich zog in Erwägung, was die Seelenklempnerin in
ihr Notizbuch geschrieben hatte. *Schizophrenie.* Fühlte es
sich so an?

Es klopfte an der Tür und ich erschrak mich zu Tode.
„Glaube nicht, dass du heute die Schule schwänzen
kannst", schrie Jen laut.

Ich wischte mir die Augen ab und raffte mich auf die
Füße. „Gib' mir fünf Minuten, dann bin ich fertig." Ich
drängte all den Schmerz und das Leid zur Seite, nahm
eine Dusche und hieß die Leere willkommen.

Ich war in der Lage das durchzustehen, also tat ich es.

Der Tag verging wie im Flug.

Stunden.

Unterrichtsstunden.

Ich blieb für mich, sagte kein Wort und ließ das
Mittagessen ausfallen, um zu vermeiden, mit irgendje-
mandem zu sprechen... hauptsächlich Noah und Antonio
und Sabrina.

Als das letzte Läuten des Tages erklang, schloss ich
mich den Massen im Flur an und ließ den Strom mich
nach draußen tragen. Jemand packte meinen Arm und
zog mich mit solcher Kraft aus dem Strom, dass ich über
meine Füße stolperte. Ich hob meinen Kopf und mein
Blick fiel auf Noah.

„Lass mich in Ruhe." Innerlich brannte ich, als ich ihn
sah, der Hass schäumte wie Säure in meinem Magen
hoch, darüber, dass er dachte, er hätte das Recht, mich
noch einmal zu berühren.

Sein Mund verbog sich, mir wurde davon übel. Ich

war bereit, mich zu übergeben bei dem Gedanken daran, was mir seine Lippen letzte Nacht angetan hatten.

Seine geflüsterten Worte trafen mich hart in meinem Gesicht. „Was hast du mit meinem Auto angestellt, du Freak? Du bist ausgerastet und mein ganzes Auto ist jetzt verformt und totaler Schrott. Ich weiß nicht, wie du das gemacht hast, aber du schuldest mir was für mein Auto. Dieses Mal kommst du nicht davon, du Schlampe." Bodenloser Hass spiegelte sich in seinem Gesichtsausdruck wider und verdunkelte seine Augen. „Und ich will meinen Schaltknauf zurück."

Aber alles was ich sah, war Rot. Ich erinnerte mich nicht daran, mich bewegt zu haben, aber meine Faust flog und traf ihn so hart am Kiefer, dass meine Fingerknöchel vor Schmerzen aufheulten. Ich schlug ihn immer und immer wieder, sah nichts mehr außer absoluter Rage. „Du verdammtes Arschloch!"

Er wehrte sich nicht, sondern kauerte sich zusammen und schützte sein Gesicht, zog sich zurück. Sein Blick fiel auf die aufgelaufene Menschenmasse und zurück zu mir.

Das Adrenalin trieb mich immer weiter und weiter voran, meine Faust prügelte auf ihn ein, bis er sich umdrehte und wegrannte. Er schubste andere Schüler wie wertlosen Dreck zur Seite.

Nach Atem ringend schaute ich nicht hoch, ignorierte die Stimmen, die Wörter, die ich verabscheute. *Spinner. Krank. Psychische Probleme. Instabil.*

Mein Atem strömte aus meinen Lungen und zurück hinein, mein Adrenalin stieg steil an. Ich schnappte mir meinen Rucksack, den ich fallengelassen hatte und rannte den Flur herunter, vorbei an allen, hinaus aus der Schule und den ganzen Weg nach Hause.

Die Leere sammelte sich in meiner Brust und Angst

fuhr durch mich hindurch. Wie könnte ich jemals wieder jemandem in der Schule entgegentreten?

Ich schnappte nach Luft und wischte meine Tränen, die nicht aufhören wollten zu laufen, weg. Meine Beine krampften, aber ich kümmerte mich nicht drum und hielt nicht an, bis ich mein Zuhause erreicht hatte. Ich lehnte mich gegen die Tür und schaltete die Kamera auf meinem Handy ein, um ein Gesicht anzuschauen. Die Tränen waren getrocknet, aber meine Augen waren rundum gerötet. Blondes Haar klebte auf meinem Kopf, als hätte ich es nicht gewaschen. Ich starrte auf meine Fingerknöchel, die Haut war verletzt und spannte, als ich meine Finger ganz ausstreckte.

Ich bin so stolz auf dich, kleiner Wolf.

„Er hat noch viel mehr verdient."

Und das wird er noch bekommen.

Ich griff nach dem Türknauf, spielte mit dem Gedanken, Jen alles zu erzählen, es mir von der Seele zu reden. Vielleicht könnte sie mir helfen, zu entschlüsseln, was letzte Nacht geschehen war.

Sie wird es nicht verstehen. Keiner von ihnen wird es verstehen. Sie werden dir Medikamente geben, die dich mir wegnehmen werden.

Ich nickte, aber was, wenn etwas wirklich nicht mit mir stimmte? Vielleicht hatte Noah Recht und ich war letzte Nacht nach Hause gerannt, aber mein Verstand hatte es ausgeblendet? Aber wie kam ich dann an seinen Schaltknauf?

Sie wollen dich nicht so, wie ich dich will.

Mein Mund öffnete sich mit einer Antwort, aber ich hielt inne. Ich wurde mein ganzes Leben lang von Familie zu Familie gereicht, weil mich niemand wollte... Vielleicht hatte *er* Recht?

Ich stieß die Tür auf, ließ meinen Rucksack neben dem Schuhregal fallen und lief den Flur entlang zu meinem Zimmer. Ohne nachzudenken, nahm ich wie von selbst meine Farben und meine Pinsel zusammen mit einer neuen Leinwand, die ich hinten in meinem Kleiderschrank aufbewahrte.

Hier verlor ich mich selbst, vergaß alles und ich musste niemand anderes sein als ich selbst. Meine Gedanken vermischten sich mit meinem Dilemma. Es Jen erzählen oder weiterhin so tun, als ob alles in Ordnung wäre?

Ich wusste nicht, wie viel Zeit vergangen war, bis ich eine Pinkelpause einlegte. Als ich aber zurückkam, stand Jen vor meiner Leinwand und tippte mit ihrer Fingerspitze auf ihr Kinn, als wäre sie eine Kritikerin.

Mein Magen sank mir in die Kniekehlen. „Was machst du hier?" Ich eilte zu ihr.

„Guen, das hast du gemalt? Es ist unglaublich." Sie streckte eine Hand zu dem Bild aus. „Besonders—"

„Fass es nicht an. Schau nicht hin." Ich trat zwischen sie und das Bild, etwas, dass ich noch nie einer Seele gezeigt hatte. Die verschlungenen Wälder waren mein Ort, etwas von dem nur ich wusste. Weder Jen, noch die Seelenklempnerin oder sonst jemand.

Außer mir.

Sie sah die Leinwand an. „Das ist unglaublich. Wie hast du dir etwas so Wunderschönes ausgedacht?"

Ich würde es nie erzählen, niemals. Dieser Ort war mein Königreich, dieser eine Platz in meinem Kopf, dieser, den mir niemand wegnehmen und zerstören konnte.

Jen trat zurück und ich beeilte mich, eins meiner

Hemden vom Boden aufzuheben und über mein Bild zu hängen.

„Sie sind alle mit dem gleichen Wald und dem gleichen Schloss. Du hast dieses Bild immer und immer wieder gemalt. Woher kommt die Idee dafür?"

Ich drehte mich um und Jen saß in der Hocke, blätterte durch meine anderen Zeichnungen, die ich an der Wand angelehnt hatte. Es waren alles quadratische Leinwände von sechzig Zentimetern, da dies die günstigsten Größen im örtlichen Discounter waren.

„Hör' auf damit." Ich schnappte mir das Bündel und schob es fort aus ihrer Reichweite.

„Süße, du bist unhöflich. Du bist so talentiert. Verstecke sie nicht."

Ich schüttelte meinen Kopf. Ich wollte nicht, dass irgendjemand sie sieht, denn sobald das geschah, würden sie einen Weg finden, mir diesen Ort zu entreißen. Sie würden auf irgendeine Art die eine Sache, die mir Freude bereitete, zu einer Erklärung für meine Krankheit machen. Oder eine andere dämliche Entschuldigung, um es zu etwas Hässlichem zu machen.

„Lass' das", sagte ich. „Sie sind für niemanden außer mich selbst."

Sie nickte und ihre Mundwinkel senkten sich. „Okay, okay. Aber mach ein Fenster auf. Es ist stickig hier."

Als sie ging, stellte ich die Bilder zurück hinunter gegen die Wand und brach auf meinem Bett zusammen, zitternd. Es fühlte sich an, als hätte jemand gerade mein Zimmer auf den Kopf gestellt. Das war der Grund dafür, warum ich deutlich sagte, dass niemand in meinem Zimmer erlaubt war.

Kleiner Wolf—

„Nicht jetzt. Bitte, lasse mich einfach in Ruhe." Ich

drehte mich auf meine Seite und starrte die Prellung an, die sich auf meinen Fingerknöcheln formte und ich wollte nichts außer Stille.

*E*s vergingen zwei weitere Tage. Schule. Nach Hause. Schlafen. Eine einfache Routine, aber sie funktionierte und ich wurde in Ruhe gelassen. Als ich an einem sonnigen Tag den Ausgang der Schule verließ, eilte ich die vorderen Stufen hinunter und ging nach links, wie ich es jeden Tag tat, wenn ich den Bus nach Hause erwischen musste.

„Guen", rief eine Frau. Ich drehte mich um und mein Blick fiel auf Jen, die ihren Kopf aus dem Fenster auf der Fahrerseite ihres Autos hinausstreckte und mir zuwinkte, dass ich zu ihr kommen soll.

Oh ja, eine Mitfahrgelegenheit nach Hause würde ich annehmen. Ich sprintete auf sie zu, vorbei an Schülern. In der Eile rammte ich Antonio, der mein Handgelenk packte bei meinem Versuch, wegzurennen.

„Hey. Habe nicht viel von dir gesehen", sprach er mit seiner ruhig, samtigen Stimme.

Aber alles, worauf ich mich konzentriere konnte, war seine Hand auf mir und in meiner Brust strahlte Aufregung... außer, dass wenn ich ihn anschaute, ich nur Sabrina sah. Und genau aufs Stichwort schlich sich die teuflische Schlampe an ihn heran. Sie musste spüren, wie ihre Hörner brannten. Ihr Blick lag schwer auf mir, als sie einen Arm um seinen schlang und besitzergreifend ihr Territorium absteckte.

„Hey Baby. Was machst du?", schnurrte sie mit der Stimme einer heuchlerischen Kuh, während ihre Augen sich schmälerten und Hass in meine Richtung ausstrahlten.

Ich entriss meine Hand seinem Griff.

Tritt ihm in die Eier.

Das sollte ich, stattdessen wollte ich meinen Atem nicht an ihn verschwenden, bevor ich zum Auto lief. Es nervte mich, wie heiß mein Hals und mein Gesicht durch seine Gegenwart brannten. Hasste es, dass ihn mit ihr zu sehen noch immer meine Innereien aufschlitzte. Sie verdienten einander.

Im Auto schnallte ich mich an und schaute geradeaus, zu verstört, um irgendwo anders hinsehen zu können.

Es überraschte mich, aber Jen stellte keine Fragen, obwohl sie sicher gesehen hatte, dass ich mit Antonio gesprochen und ihm mit Sabrina gesehen hatte. Sie fuhr einfach los. Sobald wir den stockenden Verkehr um die Schule herum hinter uns gelassen hatten, entspannte ich mich in meinem Sitz.

„Danke fürs Mitnehmen", sagte ich und schaute zu Jen hinüber, die mich herzlich anlächelte. Ich hätte nicht misstrauisch sein sollen, aber mein Warnmelder für *die-Bombe-platzt-sofort* brüllte in meinem Kopf. „Gibt es einen besonderen Anlass?"

„Ich wollte dir etwas zeigen. Und es wäre schön, wenn du unvoreingenommen wärst."

Unruhig rutschte ich in meinem Sitz umher und da kam es. „Was hast du getan?" Ein Teil von mir wollte es nicht wissen, aber ich hatte in dieser Angelegenheit keine Wahl.

„Ich bin so stolz auf dich, Guen, und ich möchte, dass du siehst, wie unglaublich du bist. In den letzten Wochen ist viel geschehen und du bist damit besser zurechtgekommen, als ich erwartet hatte. Nach dem Verkauf deines Autos und Antonio, der sich für ein anderes Mädchen entschieden hatte, brauchst du jetzt ein paar gute Neuigkeiten."

Ich schluckte laut. Wenn sie nur von der Hälfte von dem Scheiß wüsste, den ich durchgemacht hatte.

„Ich habe eine kleine Überraschung für dich."

Normalerweise kam ich nicht gut mit Überraschungen zurecht, aber ich nickte und lächelte zurück. „Kann es kaum erwarten."

Zwanzig Minuten später parkten wir auf der Hauptstraße im Herzen unserer kleinen Stadt und ich stieg aus. Ich sah mir die umliegenden Geschäfte an. Eine Pizzeria, ein Café und ein Bekleidungsgeschäft. Wenn das die Überraschung war, würde ich sie gerne annehmen.

Aber als Jen vorne am Auto vorbeiging, ließ sie alle drei Geschäfte links liegen, daher nahm ich an, dass wir keines von ihnen aufsuchen würden.

Ich eilte ihr hinterher. „Wo gehen wir hin?"

„Du wirst schon sehen." Plötzlich nahm sie meine Hand in ihre und zog mich durch eine offene Tür in einen riesigen weißen Raum. Die Wände waren voll mit meinen Bildern und mir sank mein Magen in die Knie bei dem Gedanken daran, dass sie vorhatte, mich auf eine Art Galerierundgang mitzunehmen.

Eine kuppelförmige Heuhaufen-Skulptur, gefertigt aus Abertausenden von spitzen Nähnadeln befand sich in der Mitte des Raums. Darauf war ein altmodisches Spinnrad befestigt, dass ebenfalls aus Silber gemacht war. Die Sonne, die durch die deckenhohen Fenster fiel, schimmerte wie ein Stern auf der Struktur der Skulptur und alles, was ich mir vorstellen konnte, war, wie jemand stolperte und auf das Gebilde stürzte. Tod durch eine Million Nadeln

Jen schleifte mich in den hinteren Bereich des Zimmers und die Furcht stieg wie ein Sturm in mir auf.

An der Hinterwand der Galerie hing mein Bild mit einem kleinen Schild darunter, welches meinen Namen trug.

Guens Fantasie

„Was denkst du?" Jen stupste meinen Arm an, aber in mir breitete sich die Taubheit aus. Mein intimes Bild war auf eine Wand getackert, alle konnten es angaffen und kritisieren. Mir war übel.

„Du hattest kein Recht dazu", nuschelte ich und versuchte, leise zu sprechen, damit die anderen im Raum uns nicht hörten.

„Guen, Schätzchen. In dem Moment, als ich der Künstlerin, die die Ausstellung leitet, dein Bild zeigte, verliebte sie sich darin und bestand darauf, es in ihrer Galerie aufzunehmen. Sie zögerte nicht und ihre einzige Bedingung bestand daran, dass sie die Künstlerin treffen wollte. Du hast wirkliches Talent. Das könnte dich so weit bringen und voll dein Ding sein."

„Mein Ding?" Ich wusste nicht einmal, was das bedeutete, aber es musste etwas mit dem Finden meines Wegs in meinem Leben zu tun haben, um sicherzugehen, dass ich nicht als obdachlose Verliererin enden würde.

„Du hättest—"

„Hallo", die leise Stimme einer Frau ertönte hinter uns.

Wir drehten uns beide zu der wohl schönsten Frau um, die ich je in meinem Leben gesehen hatte. Groß, sie strahlte nahezu in der Sonne, die hinter ihr stand. Ihre porzellanartige Haut erschien, als schimmerte sie, und ihr Haar war schwarz wie die Nacht. Der Rock ihres goldenen Kleids bauschte sich um ihre Knie herum auf, als ein

Luftzug durch die geöffnete Tür strömte. Ihre blassen, grauen Augen musterten mich von Kopf bis Fuß, ihr Lächeln weitete sich, als würde sie billigen, was sie sah. „Guen?"

„Das ist Guen", antwortete Jen für mich, beinahe überschwänglich. „Sie ist talentiert, nicht wahr?"

„Absolut." Die große, engelsgleiche Dame nahm meine Hand in ihre, ihre Haut war seidenweich, als würde sie ihre Hände jeden Abend in einer Wanne aus Feuchtigkeitslotion baden.

„Mein Name ist Áine."

„Das ist ein wundervoller Name", sagte ich.

„Es ist ein irischer Name und bedeutet Glanz." Ihr Lächeln strahlte, passte perfekt zu ihrem Namen.

„Bist du Irin?"

Sie lachte halbherzig. „Nein, meine Liebe." Dann drehte sie mich herum, damit ich mein Bild ansehen konnte. „Deine Mama war sich nicht sicher, wie du dein Werk nennen wolltest, also werde ich es sofort berichtigen lassen. Wie nennst du es?"

Mein Kopf drehte sich und ich konnte nicht klar denken. „I-Ich habe nie darüber nachgedacht."

„Denke nicht zu viel nach", sagte Áine, ganz süß. „Was ist das Erste, das dir in den Sinn kam, als du dieses Bild gemalt hast?"

„Du kannst das, Süße", fügte Jen hinzu.

Ich zuckte mit den Schultern. „Ich weiß es nicht. Vielleicht *Verschlungene Träume*." In dem Moment, als die Worte meinen Mund verließen, wollte ich sie zurück haben. Ich hatte zu viel gesagt und wollte nicht, dass Jen erfuhr, dass dies meinen Träumen entsprang. Aber ich konnte bereits ihren Blick auf mir spüren, die Zahnräder hinter ihren Augen arbeiteten bereits.

„Das ist perfekt", sagte Áine bevor sie über ihre Schulter rief: „Jean-Claude, ein neues Schild für dieses Werk bitte. *Verschlungene Träume.*"

Ich zuckte innerlich zusammen.

Áine kehrte binnen Sekunden an meine Seite zurück, fädelte ihren Arm durch meinen, drückte sich an mich und alles, was ich riechen konnte, war ihr starkes, blumiges Parfüm mit einer Zitrusnote. Vielleicht war sie Französin oder aus einem anderen, europäischen Land, in dem es normal war, Fremden so nah zu kommen.

„Ich würde gerne über deine Inspiration für dieses Werk hören", sagte sie.

Jen unterbrach. „Oh, sie ist wie ein verschlossenes Buch und spricht mit niemandem darüber." Ich war ihr dankbar dafür, dass sie mich rettete.

„Unsinn, jeder Künstler hat eine Muse." Während sie sich weiterhin an meinem Arm festklammerte, führte sie mich durch die Galerie. „All diese Kunstwerke entstammen aus einem tiefen, persönlichen Ort des Künstlers, wo also kommt deines her?"

Etwas an ihrer Beharrlichkeit fing an, mir auf die Nerven zu gehen. „Wieso ist das so wichtig?" Ich blickte mich über meine Schulter um und suchte Jen, die sich angeregt mit einem großen Mann mit gegelten Haaren und schwarzem Lidstrich unterhielt und damit beschäftigt war, das Schild unter meinem Bild auszutauschen.

Áines Griff um meinen Arm festigte sich und sie war stärker, als ich es erwartet hätte. Als ich sie ansah, schimmerte ein silbriges Funkeln in ihren grauen Augen und für diese wenigen Sekunden schien es, als würde der Raum zu Eis erstarren. Sogar mein Atem wurde vor meinem Gesicht zu Nebel.

„Lass' mich dir etwas sagen." Ihre Worte durchschnitten die Luft wie eine Klinge, ihre Fingernägel gruben sich in mein Handgelenk. Ein gieriger Hunger zeichnete sich auf ihren Gesichtszügen ab und sie veränderten sich zu jemandem, der gerade den Schatz eines Drachens gefunden hatte.

„Au, du tust mir weh." Ich versuchte mich zu befreien, ihre Fingernägel bohrten sich in meine Haut und sie sah beinahe wie eine andere Person aus. „Lass' mich los."

Mit der Geschwindigkeit einer angreifenden Viper spürte ich ihren Atem in meinem Ohr. „Guendolyn, endlich haben wir dich gefunden."

uen!" rief Jen quer durch die Galerie.

„G Ich drehte mich herum, zwinkerte rasch um die Verschwommenheit in meinem Blick loszuwerden. Warum in Gottes Namen fühlte ich mich, als wäre ich von einem LKW überfahren worden?

Jen eilte zu mir, die Angst stand ihr ins Gesicht geschrieben. Als sie bei mir ankam ergriff sie meine Hand. „Wirst du wieder krank? Was ist mit deiner Hand passiert?" Ihre angsterfüllte Stimme war angespannt.

Als ich auf mein Handgelenk herabblickte, sah ich, wie Blut aus drei kleinen Verletzungen der Fingernägel floss und über meinen Arm lief. Rote Punkte tropften auf den perfekten weißen Fußboden, wie Blutstropfen im Schnee. Mein Herz raste, während ich versuchte, Sinn in der Áines Worten zu erkennen... in dem, was sie gerade gesagt hatte.

Jen zog ein Taschentuch aus ihrer Handtasche und drückte es auf meine Wunden. „Wie hast du es geschafft, dich zu schneiden?"

Als ich mich umsah, musste ich feststellen, dass Áine

nirgendwo zu finden war. Hatte sie das Geschäft
verlassen. „Wo ist sie?"

„Konzentriere dich", verlangte Jen.

Mein Kopf fühlte sich an, als hätte mir jemand eine
Rauchwolke direkt in den Schädel geblasen. „Ihre
Fingernägel", murmelte ich. „Sie waren so scharf. Ihr
Gesicht—"

„Sie hat dir das angetan?", zischte Jen und zog die
Aufmerksamkeit eines Pärchens in der Nähe des Haup-
tausstellungsstücks auf uns.

Aber ich konnte nicht klar denken und nickte einfach
nur.

Guendolyn, endlich haben wir dich gefunden, hatte sie
geflüstert.

Die Stimme in meinem Kopf hatte etwas Ähnliches
gesagt. *Ich muss dich nur finden.*

Es konnte keinen Zusammenhang geben... nein. Wie
könnte es sein? Er war in meinem Kopf, meinem wahn-
haften Verstand, ein Teil meiner Schizophrenie... nahm
ich an.

Irgendwo hatte ich gelesen, dass Zufälle bedeuteten,
dass du auf dem richtigen Weg warst. Außer, dass sich
hier dran nichts richtig anfühlte und sich nur die Sorge in
mir ausbreitete.

„Süße." Jens sanfte Stimmte wog mich aus meinen
Gedanken. „Bleibe einen Augenblick hier. Fass nichts an."

Als würde ich das tun. Mein Blick fiel auf ein riesiges
Gebilde, dass aus richtigen Stecknadeln gefertigt war, die
noch ihre metallischen Köpfe hatten. Ich ging näher zur
Wand, da ich Angst vor einem Anfall hatte und davor,
direkt auf dieses Ding zu stürzen.

Jen stürmte zum hinteren Teil der Galerie, ihre Arme
schwangen neben ihrem Körper und sie schubst Jean-

Claude zur Seite. Sie riss mein Bild von der Wand, nahm es unter den Arm und marschierte direkt zurück zu mir, bevor sie meine Hand nahm und mich aus dem Gebäude zerrte.

Sie drehte sich noch einmal kurz um. „Kaufen Sie hier nichts. Áine ist eine Missbraucherin. Sie hat mein Mädchen verletzt, sodass sie nun blutet."

Ohne ein weiteres Wort führte sie mich zu ihrer Limousine. In diesem Moment liebte ich Jen mehr, als ich es je für möglich gehalten hätte. Trotz dem ganzen Mist, den sie verursacht hatte, wollte sie nur das Beste für mich. Auch nach meinem ganzen verrückten Drama glaubte sie noch an mich.

Als wir ins Auto gestiegen waren, beugte sie sich hinüber und sah sich meine Schnitte an, wischte das Blut mit dem fleckigen Taschentuch weg. „Es tut mir so leid. Ich hätte dein Bild nie hier her bringen sollen. Ich hätte auf dich hören sollen."

„Du konntest ja nicht wissen, dass sie verrückt ist und mich verletzen würde."

Sie kniff die Lippen zusammen und ihre Stirn legte sich in Falten. „Es ist meine Aufgabe, dich zu beschützen, mein Bestes für dich zu geben und ich hätte es besser wissen müssen." Sie sah mir in meine tränenerfüllten Augen. „Hat sie dir sonst noch irgendwo wehgetan? Was hat sie zu dir gesagt?"

„Nicht viel, nur komisches Geschwafel über Gemälde. "

„Morgen werde ich bei ihrem Vermieter eine Beschwerde einreichen und sicherzustellen, dass sie ihren Mietvertrag für die Galerie verliert."

„Woher weißt du, dass sie nicht ihr gehört?"

Jen ließ den Wagen an und ordnete sich im Verkehr

ein. „Ich kenne die Person, der der gesamte Komplex gehört. Er ist der Cousin eines Freunds von der Arbeit." Ihre Hände umklammerten das Lenkrad. Sie schüttelte den Kopf, und hin und wieder sah sie kurz rüber mit einem mitfühlenden Lächeln.

Ich spielte den Vorfall immer und immer wieder in meinem Kopf durch, war mir unsicher über das, was geschehen war, aber zum Schluss hatte ich mehr Fragen als Antworten. Warum hat sich Áine so seltsam benommen... So aggressiv?

Was, wenn sie mehr über mich wusste als ich selbst? Meine Vergangenheit war ein schwarzes Loch. Keine biologischen Eltern, keine Geschichte—nichts außer einem einfachen Namen. Ob es überhaupt meiner war?"

„Ist Guen mein richtiger Name?"

Jen sah mich mit erhobener Augenbraue an. „Was meinst du?"

Ich zuckte mit den Schultern. „Sie hatten gesagt, dass ich als Baby in den Wäldern ausgesetzt worden bin mit nichts, außer einer Schleife um den Knöchel, auf der mein Name stand. Könnte Guen also die Abkürzung für etwas anderes sein?"

Einer ihrer Mundwinkel verzog sich und sie dachte eine lange Zeit über meine Frage nach. „Ich werde morgen auf der Arbeit die Archive überprüfen, okay?" Sie klopfte mir auf den Oberschenkel.

„Danke für alles. Ich weiß, ich sage das nicht sehr oft, aber ich bin dir sehr dankbar."

Ihr Lächeln bedeutete so viel mehr, als es Worte hätten ausdrücken können und trotz der Entwicklung dieser Misere mit der Kunstgalerie, hat es mich etwas begreifen lassen. Sie war mein Schutzengel. Meine gute Fee, falls es so etwas gab.

Ich wischte das Blut von meinem Arm und sah mir die Wunden an, die wie ein Halbmond geformt waren, und an deren Kanten das Blut bereits getrocknet war. Áine war so wütend, sie musste mir sagen, dass sie mich gefunden hatte. Nichts davon ergab einen Sinn, aber vielleicht war sie einfach nur eine weitere Person, die nicht ganz richtig im Kopf war.

„Was hältst du von Pizza zum Abendessen?", schlug Jen vor.

„Luigis? Peperoni?"

„Aber sicher."

„Perfekt." Ich lehnte mich in meinem Sitz zurück, drückte das Taschentuch auf meine Wunden und beschloss, mich heute Abend mit Pizza vollzustopfen, um zu vergessen, was passiert war, wäre genau das Richtige.

---

*D*ie Wälder waren heute irgendwie ungewöhnlich.

Die verschlungenen Äste standen still—zu still, der Wind ging nicht—und Schatten drängten sich wie nie zuvor in den Wäldern. Sie verdunkelten den Ort, den ich zu gut kannte, stahlen dem Wald den Atem.

Es lief mir kalt den Rücken hinunter und ich wand mich dem Schloss zu, dem Königreich, das Freiheit jenseits des dunklen Waldes mit Zähnen und Dornen versprach. Einen Ort, dem ich entfliehen konnte, wenn ich rechtzeitig die Zuflucht erreichte.

Ich wand mich von der Dunkelheit, die den Wald verschlug, ab, wie ich es immer tat. Mein Blick war auf den Ort gerichtet, den ich nicht erreichen konnte, dem Ort, dem ich mich zugehörig empfand.

Summendes Geflüster stieg um mich herum auf.

Heute beobachtete mich nicht eine Person, sondern viele, ihre Blicke ruhten schwer auf meinem Rücken. Meine Haut prickelte von dem scharfen Schmerz, der durch meinen Unterarm zog. Ich sah hinab und das Blut strömte aus drei Wunden. Die Tropfen landeten im Dreck. Dort, wo gebrochene Dinge wuchsen, verwandelte mein Blut alles, was es berührte, zu etwas Schwarzem.

Mein Herz schlug zu schnell, nahm mir die Luft zum Atmen und ich rannte zu dem einzigen Ort, an dem ich mich sicher fühlte. Dem Königreich.

Bewegungen rannten neben mir durch die Wälder und stellten sich mir plötzlich in den Weg.

Ich blieb auf der Stelle stehen, meine Atemzüge waren abgehackt und rau.

Heute würden sie mich kriegen—ich konnte es tief in meinen Knochen spüren. Sie kannten jetzt meinen Duft, den feinen Geschmack meines Bluts hatten sie auf der Zunge. Heute ging es zu Ende.

Eine Gestalt trat aus der Dunkelheit hervor. Ein maskuliner Mann, groß und kräftig. Er blieb in einiger Entfernung stehen. Bekleidet war er mit einem Mantel im militärischen Stil, der ihm bis zu den Knien reichte, mit silbernen Knöpfen und einem hoch aufgestellten Kragen, er war spektakulär.

Ihn umgaben Kräfte... Oh, so viel davon dominierte dieses Land... und mich. Schwarze Lederhosen umhüllten seine starken Beine und er trug ein Hemd, dunkelblau wie die Nacht, anscheinend Seide oder eine andere Art Stoff, die ich noch nie zuvor gesehen hatte. Es sah verdammt teuer aus. Teurer als alles, was ich mir je hätte erträumen können, zu kaufen, das war klar. Das Hemd stand an seinem Hals offen.

Dieser Mann konnte nur ein paar Jahre älter sein als ich, aber er hatte genug Selbstbewusstsein für uns beide. Lange Haar fielen ihm auf die Schultern, schwarz wie die Nacht, seine Haut war nur leicht gebräunt, so, als verbrachte er kaum Zeit in der Sonne.

Schweiß weichte meine Haut auf und ich sah mich nach einem Fluchtweg um, doch dornige Büsche und Bäume schnitten mir den Weg ab. Aber ich kannte diesen Pfad, ich hatte ihn hunderte Male zuvor beschritten. Ich sollte mich nicht fürchten. Dies war mein Ort... auch wenn der Schatten, der mich immer nur beobachtet hatte, heute sein Versteck verlassen hatte.

„Wer bist du?", schrie ich laut, sammelte meinen Mut.

„Es spielt keine Rolle, wer ich bin. Wer bist du?", antwortete seine maskuline, verführerische Stimme.

Mein Mund schloss sich in Sekundenschnelle, als mein Verstand sich direkt auf denjenigen fixierte, der dort in der Ferne stand und ich erkannte ihn sofort.

Er. Der Mann ohne Namen. Die Stimme, die mich zum Lachen brachte und ihn fürchten ließ, der, der mich erzittern ließ. Der mir Dinge versprach.

Er trat ins schummerige Licht, ein leichter Wind hüllte uns ein, erweckte die Bäume aus ihrem Schlaf, die uns mit rasselnden Liedern begrüßten.

Ich konnte mir nicht helfen und mein Blick ruhte auf seinem Gesicht, entdeckte die schönsten Augen, die ich je gesehen hatte. Hell wie Feuer, das auf Wasser tanzte, falls so etwas überhaupt möglich war. In ihm aber brannten sie, umgeben von dunklen Augenbrauen. Neugier ließ mich seine kantigen Wangenknochen erforschen, seinen rau definierten Unterkiefer, volle Lippen, auf denen sich eine leichte Schwingung abzeichnete, als ob er beginnen würde, zu lächeln. Was amüsierte ihn so?

Er schritt näher, bewegte sich mit dem Anmut eines Mannes, der es gewohnt war, in der Öffentlichkeit zu stehen—breite Schultern, erhobenes Kinn, aber diese Augen... intensiv und kraftvoll und gefährlich. Er sah alles, versäumte nichts, warum also sah er *mich* so an?

Ich verkrampfte. Es war ganz gleich, wie atemberaubend schön er war; etwas an seiner Gegenwart löste in mir ein unangenehmes Gefühl aus. Er kam näher, war viel größer als ich, und meine Füße schoben mich rückwärts.

In seiner Gegenwart breitete sich die Furcht in meinem Innersten aus.

Er lächelte. Sollte ich zurück lächeln oder wegrennen?

Auf mein Zögern hin erhob er eine Augenbraue, seine Mundwinkel zuckten. „Hallo, kleiner Wolf."

Die Zahnräder in meinem Gehirn ratterten noch immer beim Versuch, aufzuholen, vernebelten noch mehr von der Weichheit seiner Stimme, der Hitze, die er in mir entfachte. „Entschuldigung, was?"

Er brach in Gelächter aus, genau wie jedes Mal, als ich ihm in meinem Kopf zuhörte. Das war mein Traum... Ich wusste es, wusste es immer, aber dieses Mal war es anders. Er war anders und hätte nicht hier sein sollen.

„Was machst du?", fragte ich, vollkommen hypnotisiert davon, dass mein Verstand einen so attraktiven Mann mit einer so herrlichen Stimme erschaffen hatte.

„Ich hatte dir doch gesagt, dass ich dich letztendlich finden würde."

Die Hitze stieg mir am Hals herauf. „Und *ich* habe *dir* gesagt, wie unheimlich besessen das klingt."

Sein Mund verzog sich zu dem giftigsten Lächeln und ließ meine Knie schlottern. Als er mich mit diesem Grinsen ansah, wanderte sein Blick über mein Gesicht, meine Brüste, meine Beine. Ich fühlte mich vollkommen verwundbar und extrem angemacht. Ausgenommen, dass dies alles in meinem Kopf, in meinem Traum geschah, oder?

Und doch hatte ein Teil von mir dieses Verlangen auf ihn zu zu rennen und ihn zu umarmen, als wären wir lang verlorene Freunde oder so etwas. Aber wenn ich das tun würde, dann wäre ich verrückt. Außerdem, er kam mir nicht wie der Typ vor, der Umarmungen mochte, ganz gleich wie sehr ich es begehrte, in seinen Armen zu liegen. Das war der Beweis, ich bin gerade wegen einem imaginären Kerl, der nur in meinem Kopf war, geil geworden.

Nun, ich schluckte die Verwirrung hinunter und ignorierte die Funken, die in meinem Bauch sprühten. „Da du dich endlich dazu entschlossen hast, mit dem Versteckspiel aufzuhören, was hältst du davon, mir die Gegend zu zeigen? Zum Beispiel wie man in das Königreich dort drüben kommt?" Ich zeigte mit meinem Kinn auf den Ort in der Ferne. „Und wer zur Hölle bist du wirklich? Hast du einen Namen, oder sollte ich dich einfach meinen Schatten nennen?"

Ein Lächeln umspielte seinen hübschen Mund, aber er legte es genauso schnell ab, wie es gekommen war und sein Blick ließ nicht von mir ab. „Wie ich sehe, hast du noch immer eine scharfe Zunge."

„Und du sprichst immer noch in Rätseln. Also was gibt es Neues?"

„Ich habe so viele Geheimnisse, die ich dir erzählen möchte", begann er. „Dinge, die du bereits tausende Male gesehen hast, aber noch nie auf diese Weise."

„Welche Art von Geheimnissen?"

„Die Art, die dir die Wahrheit über deine Vergangenheit aufzeigen wird."

„Meine Vergangenheit? Wie meine Eltern?"

Zweige und Blätter knisterten im Wald um uns herum. Ich drehte mich um, als sich seine Hand um mein blutiges Handgelenk legte und mich so schnell zu sich hin zog, dass meine Füße stolperten und ich gegen eine Wand aus Muskeln geschleudert wurde. Meine Hand war zwischen unseren Körpern eingeklemmt und die Furcht brachte mich dazu, dass ich mich verzweifelt an seinem Hemd festklammerte. Sein hölzerner, maskuliner Duft spielte mit mir und das Feuer brannte nun ganz in mir.

„Dieser Ort bietet dir keine Sicherheit mehr", brummte er, hob dann meine Hand an seinen Mund und leckte mit seiner Zunge an meiner Wunde.

„Iiih, hast du gerade mein Blut probiert?" Ich versuchte ihm meinen Arm zu entreißen, aber er ließ nicht locker.

„So wird es schneller verheilen."

Mir gefror das Blut in meinen Adern als das Knacken des Waldbodens wieder ertönte. Ich wirbelte herum und sah mich in dem Wald um. In den Ecken der Dunkelheit war Bewegung.

„Wer ist dort draußen?"

„Monster?"

Ich sah an ihm hoch, seine Augen verdunkelten sich. „Du hast mir einmal erzählt, dass du das Monster bist."

„Wie denkst du, zerstört man sie? Indem man zu einem wird."

Seine Worte schwirrten durch meinen Kopf, während sich die Angst an meinen Rippen festklammerte, und ich drückte mich von ihm weg, doch er hielt mich fest, drehte sich um und begann loszulaufen, während er mich hinter sich her zog. Meine Füße stolperten über den Boden beim Versuch, mitzuhalten. Ich gab nicht nach und wehrte mich gegen seinen Griff, noch immer halb verblüfft darüber, wie gebrochen mein Verstand war, damit er sich so einen Scheiß ausdachte. Wie ich seinen Haltegriff wirklich auf meiner Haut fühlen konnte. Träume waren nicht so fühlbar.

In meiner Brust hämmerte mein Herz, meine Haut stach vom Zittern. „Lass mich los! Ich meine es ernst."

„Du musst gehen", ermahnte er mich, seine Worte waren roh und wild. Sein Griff war so fest, dass er die Blutzufuhr in meiner Hand unterbrach. „Benimm dich."

„Du bist nicht die Stimme in meinem Kopf", fauchte ich ihn an. „Du kannst es nicht sein, denn du würdest mir nie wehtun. Er hat mir versprochen, mich zu beschützen und jene, die mir wehtaten, leiden zu lassen." Meine Stimme zitterte.

„Und ich sagte, dass ich kein Held bin. Mögen die Götter Gnade mit jenen haben, die dir Leid zugefügt haben, denn ich werde keine haben." Er hielt inne und drehte mich zu sich um, sodass ich ihn ansehen musste. Schatten stiegen mir in die Augen und sein Lächeln jagte mir Angst ein.

„Alles was du sagst ist heiße Luft." Ich riss an seinem Griff, aber es war aussichtslos. Unglaube stieg in mir wegen der Tatsache auf, dass er sich so schnell verändert hatte.

„Jene, die sich in der Dunkelheit verstecken, werden dich in Stücke reißen und dir das Mark aus deinen Knochen saugen, deine Haut als Verkleidung tragen, aber... mein kleiner Wolf, vor allem *solltest* du dich vor dem tödlichsten aller Monster fürchten. Mir", zischte er. „Du hast keine Ahnung, wie weit ich gehen werde."

Ich schluckte den Schauder herunter, der mich ergriff und er lächelte nur höhnisch, da ich kaum Luft bekam.

Ich hasste seine Worte, sein Gesicht, ihn. Mein Hals war wie zugeschnürt. „Du bist ein kaltblütiger Lügner."

Bis jetzt hatte ich nicht begriffen, dass der Mann in meinem Kopf der wirkliche Teufel war und dass er mich mit einem lüsternen Hunger in seinen Augen anstarrte.

Er zog Luft durch seine Zähne und strahlte eine tödliche Macht aus.

„Wer bist du?", weinte ich voller Angst in meiner Stimme, während tief in mir der Schock saß.

„Das wirst du noch früh genug herausfinden." Er schupste mich mit seinen Händen gegen meine Schultern, sodass ich rückwärts geschleudert wurde und mein Körper schlaff wurde. Ein Schluchzen entfloh den Tiefen meiner Lunge. Ein Blitz zuckte durch mein Blickfeld und meine Welt verschwand schnell.

Die Dunkelheit verschluckte mich und obwohl ich wusste, dass er noch immer in meinem Kopf sein würde, auf mich wartete, schrie ich.

„Guendolyn", flüsterte ich, aber sie rührte sich nicht. Kalt lief es mir den Rücken herab, aber es galt keine Zeit zu verschwenden.

Das war eine furchtbare Idee, ja eine scheiß Idee, und doch stand ich hier in ihrem Schlafzimmer, die Nacht lag über hier, verbarg aber nichts.

Irgendwie hatte Guendolyn die Passage zu ihrem Aufenthaltsort im menschlichen Reich geöffnet, wofür es verdammt noch einmal auch Zeit war, außer dass ihre Aura sie jetzt an jedes verfluchte, seelen-aussaugende Wesen im Königreich der Irrfahrten verriet.

Die Schatten dehnten und bewegten sich bereits vor ihrem Fenster. Ich strich in ihrer Kammer umher. Kleidung und Bücher lagen auf dem Fußboden, Bilder und eine Staffelei nahe des Fensters. Ich stieg über ein Buch, dessen Hülle von einem dünnen, kurzhaarigen Mann in engen Hosen bedeckt war, dessen Haut mit Musterungen bedeckt und dessen Ohren gepierct waren. War es das, was die Frauen in diesem Königreich bevorzugten?

Als ich mich umsah, musste ich feststellen, dass ich Bordelle gesehen hatte, die sauberer als dies hier waren.

Guendolyn lag im Bett, die Decke war hinunter bis zu ihrer Hüfte geschoben, ihr Oberteil knüllte sich über ihrem Bauch zusammen und ließ auf weiche, milchig-weiße Haut blicken. Meine Finger wollten herunter greifen, meine Hände über sie gleiten, ich wollte sie mit meinen Zähnen schmecken.

Wenn ich dem Schattenhof treu wäre, würde ich mich abwenden und die Wölfe sie nehmen lassen, denn die Wahrheit darüber, wer sie war, konnte alles zerstören... auch mich. Ich hätte es schon vor langer Zeit tun sollen, denn als ich nun auf sie hinuntersah, wurde es mir schwer ums Herz. Ich konnte sie nicht zurücklassen, nicht so.

Ihre schweren Atemzüge füllten die Nacht, ihre Augen aber zuckten hinter ihren Augenlidern. Sie war schön, weitaus mehr, als ich erwartet hatte, sogar in den menschlichen Lumpen, die sie anhatte. Für meinen Geschmack ein wenig zu dünn, ihre Brüste aber waren üppig. Weißblondes Haar lag auf ihrem Kissen und ein sanfter Pfad aus Sommersprossen umspielte ihre kleine Nase. Als ich sie in den Wäldern zum ersten Mal gesehen hatte, fing dieses verdammte eisige Herz in meiner Brust an zu schlagen.

Sie wälzte sich im Bett herum und ein Stöhnen kam über ihre roten Lippen.

Betörend.

Berauschend.

Ich musste sie haben.

Leichte Vibrationen des Fußbodens und der Wände versetzten mich in Alarmbereitschaft. Die Wölfe waren fast hier. Draußen schüttelten sich gewaltsam die Bäume.

Die Frau vor mir hielt den Schlüssel, um alles im Königreich der Irrfahrten zu verändern.

Aber ich war zu voreilig, träumte von einer dunkleren Welt, einem Ort, der nun möglich wäre, doch zuvor musste Guendolyn überleben. Eis durchfuhr mich bei dem Gedanken daran, dass ihr etwas geschehen würde.

Und ich würde sie mit mir nehmen, sie auf die einzige Art beschützen, die ich kannte.

Der Drang, sie zu beschützen, brüllte intensiv in mir. Ich beugte mich nach vorne, schob meine Arme unter ihren Rücken und ihre Knie und zog sie an mich heran, verlor mich in der weichen Wölbung ihrer Brüste, die sich gegen meinen Oberkörper schmiegten. Sie war so leicht und warm. Hitze überzog meine Haut. Ihr süßer Duft nach Vanille stieg mir in die Nase und meine Hoden zogen sich zusammen. Diese Lippen, so rosig, so saftig. Ich wollte von ihnen probieren, spüren, wie sie sich unter mir krümmte.

Mein Puls pochte, ich sehnte mich danach, sie zu kosten.

Sie riss die Augen auf... strahlend so blau wie der Ozean. Umwerfend. Aber in ihnen konnte man die Angst erkennen.

Unschuldig und so zerbrechlich.

Die Angst weitete ihre Augen, machte ihre Wangen blass. Sie war sogar noch schöner, wenn sie sich fürchtete.

„Schlaf, kleiner Wolf", gurrte ich, während die Kraft durch mich strömte, auf meinem Atem schwebte, zuckte und auf ihr Gesicht übersprang.

„D-Du", murmelte sie.

Sie hätte nicht in der Lage sein dürfen, mir zu widerstehen, aber ihre Augen zuckten und ihr Körper krampfte. Sie schüttelte den Kopf, kämpfte gegen die Verzauberung an, die über sie rauschte. Meine Stimme hatte Macht über jene, die es nicht besser wussten, jene, die nicht die Stärke in meinen Worten erkannten.

Draußen konnte man eine Explosion aus Knurren und Fauchen hören und ich konnte einen Blick in die Dunkelheit erhaschen.

„Schlaf." Panik schwang in meiner Stimme mit, mein Kopf drehte sich. *Dein Leben wird nie wieder so sein wie vorher.*

Endlich schloss sie ihre Augen und erschlaffte in meinen Armen.

Schatten reckten sich in den Ecken des Zimmers und aus ihrer Richtung kamen Geräusche, als würde man etwas über den Boden schleifen. Ein tiefes Knurren, eine Drohung.

Die Angst strangulierte mich, nicht für meine Sicherheit, aber für meinen kleinen Wolf. Wie zu den sieben Höllen hatten sie sie so schnell gefunden?

Ich wand herum, spürte ihre schwere Präsenz und meine Muskeln spannten sich an. „Öffne dich", brummte ich.

Rums. Rums. Schritte stampften auf den Holzboden, eilten hinter mir auf mich zu.

Meine Nackenhaare stellten sich auf, Verzweiflung tat sich in mir auf.

Die Luft vor mir begann zu glitzern. Ohne eine weitere Sekunde zu warten, warf ich mich durch das sich öffnende Loch des Schleiers zwischen unseren Welten, mit Guendolyn fest in meinen Armen. „Schließe dich!", brüllte ich.

Krallen gruben sich in meinen Rücken, zerrissen meine Haut.

Buckelnd grunzte ich. Ich stolperte auf meinen Füßen

umher, verschlungen von der Dunkelheit und mein Rücken brannte wie Feuer.

Ich drehte mich herum, Angst trübte meine Gedanken. Das Portal war verschwunden. Ein abgetrennter Arm mit Krallen zuckte auf dem Waldboden, Blut sickerte in den Boden. „Sei froh, dass du nicht mehr verloren hast, du Bastard."

Heulen durchzog die Nach und Schweiß klebte auf meiner Haut. *Scheiße!*

Ich wand mich um und rannte durch die Wälder, presste sie fest an mich und betete, dass ich nicht den schlimmsten Fehler meines Lebens beging.

„Wo ist sie?" Ahrens strenge Worte hingen in der Luft zwischen uns, seine Schultern wurden steif.

„Sie ist hier in Sicherheit und nichts, worum du dich sorgen musst", sagte ich beharrlich, während ich vom Sofa aufstand, meine Muskeln verspannt von der Schimpferei meines Bruders. Nicht für einen Augenblick zog ich in Betracht, dass er aufhören würde—das erwartete ich auch nicht von ihm—aber die Missbilligung in seiner Stimme zu hören, begann mich fertig zu machen.

Eine kalte Brise zog durch ein offenes Fenster ins Zimmer, brachte die Kälte des kommenden Winters mit sich.

Ahren strich sich Strähnen seiner langen Haare aus dem Gesicht, Haare so weiß sie Schnee, Augen blau wie Eis. Sie waren denen der restlichen Familie gleich, nun ja, außer meinen und denen von Großvater, dem verrückten König. Viele glaubten, dass grüne Augen ein Zeichen der Fähigkeit Hellzusehen sein. Die Alten sagten, dass er

verrückt geworden war, da er zu viel Zeit in den Köpfen
anderer verbracht hatte, und das ihn dies schlussendlich
umgebracht hatte. Aber ich kannte die Wahrheit. Groß-
vaters Untergang war es, in Vaters Verstand eingedrungen
zu sein, als er es nicht hätte tun sollen.

Deimos, mein jüngster Bruder, lümmelte auf dem
Sofa herum, grinste und beobachtete uns zu seinem
Vergnügen. Er trug noch seine lederne Jagdhose, die mit
Schlamm verdreckt war. Sein Hals war mit rotem Blut
verschmiert, genauso wie seine weißen Haare, die er zu
einem Pferdeschwanz zusammengenommen hatte. Er
hatte wieder Feen gejagt, diese blutsaugenden Parasiten,
die ein nahegelegenes Dorf ausgelöscht hatten, welches
unserem Hof loyal untergeben war, und wo sie nur
enthauptete Körper zurückgelassen hatten. Widerliche
Dinge.

„Erzähl mir keine Lügen", antwortete Ahren zornig
mit strenger Mine, demselben Gesichtsausdruck, den
auch Mutter hatte, wenn sie wütend war. Dieselben
hohen Wangenknochen und blassblauen Augen. „Und du
weißt, es ist nicht ihre Sicherheit, um die ich mich sorge.
Du hast bereits zu viel riskiert, als du ins menschliche
Königreich gegangen bist. Wenn Vater dies herausfindet…
" Enttäuschung machte sich auf seinem Gesicht breit,
während er durch den Raum schritt. Seinen schweren,
schwarzen Mantel zog er hinter sich über den schwarzen
Steinboden her. Ich sah weg, hatte sein Schauspiel satt.

Daher ging ich zum Fenster. „Ich habe nichts anderes
von dir erwartet, Bruder."

Der Schattenhof erstreckte sich unter uns, Paläste
neben Palästen von Königlichen und Aristokraten. Jedes
Gebäude schimmerte schwarz unter der Mittagssonne mit
Umrandungen der Dächer und Fenster in den unter-

schiedlichsten Farben. Unten im Tal lebten die restlichen Feen in kleinen Hütten. Je höher jemand in den Bergen lebte, desto höher war sein Ansehen. Aber ich hatte die Spiele satt, die Hinterhältigkeit, das Töten innerhalb des Schattenhofs. Ganz zu schweigen von den endlosen Schlachten mit dem Aschehof. Die Königreiche der Irrfahrten bekriegten sich schon seit ich geboren wurde— fünfundzwanzig Feenjahre.

Ahrens schweres Atmen füllte den Raum und es ärgerte mich, dass er sich immer allem, was ich vorschlug, widersetzen musste.

„Noch bist du nicht König", verkündete ich. „Du hast keine Macht über mich. Und zur Hölle, du rotzt wie ein Wildschwein, wenn du verärgert bist."

Tödliche Stille füllte den Raum zwischen uns aus. Ahrens Gesicht zuckte und sein schiefer Gesichtsausdruck versprach Vergeltung. „Deine kindischen Einwürfe klingen nicht wie die eines Prinzen."

„Fick dich. Ist dir das lieber?"

„Es könnte amüsant sein, etwas zum Spielen im Haus zu haben", unterbrach uns Deimos, in seiner Stimme schwang nichts außer Bedrohung.

Ich wand mich zu ihm um und schluckte meinen Zorn hinunter. „Bruder, du hast jedes Spielzeug, das du je bekommen hast, getötet. Sie gehört nicht dir."

„Und dir gehört sie auch nicht", warf Ahren ein und sein Mund verzog sich zu einem höhnischen Lächeln.

Mein Magen drehte sich um sich selbst und ein Feuer stieg in mir auf. „Ich habe sie gefunden. Sie gehört mir", zischte ich, als eine Böe eiskalter Luft in das Zimmer wehte, sich gegen meinen Rücken drückte und mich einen Schritt nach vorne machen ließ. Zu viel Zeit hatte ich in ihrem Kopf verbracht, als dass ich sie jetzt so einfach aufgeben würde.

„Also, was ist dann *dein* Plan?". Deimos lehnte sich zurück, legte ein Bein quer über sein Knie und streckte seine Arme links und rechts von sich auf der Lehne des Sofas aus.

„Mein Plan ist es, das Mädchen zu retten. Du kennst die Geschichten über ihre Vergangenheit genauso gut wie ich. Endlich habe ich sie gefunden, deshalb habe ich sie mitgenommen, bevor die Wölfe vom Aschehof eine Chance hatten, ihr die Kehle durchzuschneiden."

„Warum? Ihr Verrat ist nicht unsere Angelegenheit, und wenn dies ihr Schicksal ist—"

„Schicksal", brüllte ich. „Verrat? Hast du vergessen, welcher Familie du dienst? Dieses Mädchen ist der Schlüssel, um alles zu berichtigen, was vor so langer Zeit falsch gemacht wurde."

Ahren spöttelte und versuchte zu lachen. „Du bist *nicht* mein Bruder." Er drehte sich zu Deimos um. „Hast du Luther gesehen? Denn wer auch immer dieser Hochstapler hier ist, könnte niemals mein Bruder sein, wenn er von Frieden mit dem feindlichen Hof spricht."

Mit nur zwei Schritten ging ich auf Ahren zu und packte ihn am Hals, meine Stimme knurrte. „Eines Tages wirst du König sein. Hast du vor, blind zu regieren, oder wirst du die Kontrolle über beide Höfe erlangen, sie unter dein Kommando stellen, bevor auch die letzte Fee in der Schlacht fällt? Anderenfalls kannst du auch jetzt gleich vom Schattenhof abdanken."

Hass umrahmte seine blauen Augen. „Nun, das ist der Luther den ich kenne." Er stieß meine Hand brutal weg, löste meinen Griff und zog mich in eine Umarmung, um dann mit der flachen Hand auf meine Schulter zu schlagen. „Wer verwenden die Wahrheit darüber, wer sie wirklich ist, um die Kräfte auf unsere Seite zu ziehen. Natürlich könnte das bedeuten, dass sie in unsere Familie einheiraten muss, damit wir unsere Macht behalten können."

Alles was ich spürte, war der Ärger, der in meinen Adern kochte, Wut die durch meinen Körper kroch. Vielleicht war es ein Fehler, dass ich es ihnen erzählt hatte, aber sie hätten es früher oder später herausgefunden. Wir teilten uns diesen Ort... Einen Ort, der bewacht und beschützt war, mit Zauber in den Wänden, die sie undurchdringlich machten. Dies war der sicherste Ort für sie, also musste ich dafür sorgen, dass sie es verstanden.

Ahren lachte und ein Knurren rollte durch meine Brust, denn ich wusste genau, was er mit seinem Kommentar zum Ausdruck bringen wollte. Als er sagte, *in unsere Familie einheiraten,* meinte er, *ihn zu heiraten.* Ich schubste ihn, mein Blick verschwamm vor lauter Wut, die in mir brannte. „Sie ist nicht für dich bestimmt."

„Bruder, seit wann hast du ein Problem damit, zu teilen?" Ahren biss die Zähne zusammen. „So aufgebracht habe ich dich das letzte Mal gesehen, als Vater dir deinen gezähmten Adler weggenommen hat, als du sechs Jahre alt warst."

Ich hob eine Augenbraue. „Weggenommen beschreibt nicht einmal ansatzweise das, was er getan hat."

„Hab dir doch gesagt, du sollst nicht in Onkels Kopf herumtreiben", erinnerte mich Demos.

„Ja, aber wir haben herausgefunden, wo er das junge Mädchen abgeschlachtet hat", sagte Ahren.

„Und trotzdem habe ich mein Haustier verloren." Denn meine hellseherischen Fähigkeiten an einer Fee anzuwenden, hatte mich sofort verraten, und Vater hatte die Nutzung dieser Kräfte in seinem Königreich verboten.

„Was ist wirklich los, Luther?", fragte Ahren, zur Abwechslung mit weicher Stimme. „Das bist gar nicht du. "

„Sie wollten sie töten", murmelte ich. Ich wollte ihnen nicht sagen, wie ich jeden Tag an sie dachte, wie sehr ich mich danach sehnte, ihre Stimme in meinem Kopf zu hören, wie ich mich selbst so weit habe fallen lassen, dass ich alles riskiert hatte, um sie in Sicherheit zu bringen. „Sie hat Kräfte, auch wenn sie es noch nicht weiß."

„Und trotzdem wirst du jeden Wolf zu uns locken, weil sie vielleicht besonders sein könnte? Sie war für so lange Zeit ein Gerücht, ein Mythos... Woher willst du überhaupt wissen, dass sie diejenige ist?"

„Ihr liegt beide falsch." Deimos lehnte sich auf dem Sofa nach vorne, seine Arme pressten sich gegen seine Oberschenkel. „Wenn dieses Mädchen die rechtmäßige Erbin ist, wenn die Geschichten alle wahr sind, dann ist sie verflucht. Ihr kennt beide die Legende. Wenn sie es ist, dann gibt es einen Grund, warum sie fort geschickt wurde. Ihre Rückkehr würde dazu führen, dass unsere Feinde und sogar jene in unserer Familie einen Krieg gegen uns führen würden."

Ahren hielt inne, um über seine Worte nachzudenken, seine Haltung war starr, er fuhr mit dem Daumen über seine Fingerspitzen, so wie er es immer tat, wenn er in Gedanken versunken war.

„Wenn es nach mir geht, wird sie nicht mal in die Nähe des Aschehofs kommen."

Deimos und Ahren sahen mich beide ungläubig an. „Ist das so?", fragte Ahren. „Du schlägst also vor, dass wir sie auf ewig einsperren? Wie sollte uns das helfen?"

Deimos Mund öffnete sich, um zu antworten, aber das Ächzen der Bodenbretter nahm ihm die Worte.

Wir erstarrten und richteten unsere Aufmerksamkeit auf die Haupttür, die leicht angelehnt war.

Ein Schatten glitt hinter die andere Seite der Tür, hörte uns zu.

11

*E*twas stupste mir in die Rippen.

Ich rollte herum. „Hör auf. Ich stehe gleich auf."

Noch ein Stupsen und ich knurrte. Ehrlich, ich brauche nur noch ein paar Minuten mehr. Mit geöffneten Augen krächzte ich: „Jen, wenn—"

Aber es war eine Katze, die mich mit großen Augen anstarrte, die die Farbe von Topaskristallen hatten. Die schwarze Katze gab mir noch eine Kopfnuss, bevor sie sich umdrehte und mit einem dumpfen Geräusch vom Bett sprang. „Hey, was sollte das?" Als ich mich aber umsah, begann mein Herz zu rasen. Moment, das war nicht mein Zimmer.

Schwarze Samtvorhänge rahmten üppig die Fenster ein, während Spitzengardinen in der erfrischenden Brise tanzten. Dieses Zimmer war sorgfältig eingerichtet, von den schwarzen Granitwänden hin zu dem aus Mahagoni geschnitzten Kopfende und dem goldenen Stuhl mit schwarzer Polsterung nahe der Tür, dessen geschnitzte Armlehnen wie Bärentatzen aussahen.

Miau.

Ich lehnte mich über die Bettkante und schaute mir den kleinen schwarzen Panther an. „Wo bin ich?"

Sie drehte sich weg, mit erhobenem Kopf und Schwanz und schlich durch das Zimmer um dann auf den Stuhl zu springen. Nachdem sie sich zweimal im Kreis gedreht hatte, rollte sie sich darauf zusammen.

In Ordnung. Ich schwang meine Beine aus dem Bett, hatte noch meinen blauen Schlafanzug an, den mit den süßen, lächelnden Monden. Kitschig, aber mich sah ja niemand darin.

Am Fenster zog ich den Vorhang zurück und sah einen glänzenden, azurblauen Himmel ohne eine einzige Wolke. Ein dunkler Wald erstreckte sich, soweit das Auge reichte, während Berge sich in der Ferne tummelten, wie eine Armee, die bereit war, anzugreifen.

Nichts kam mir bekannt vor, kein Anzeichen vom Schloss oder der Brücke. In einem Moment stand ich dem Mann aus meinen Träumen gegenüber—ich verdrehte meine Augen, weil das so lächerlich klang, auch wenn er der heißeste Mann war, den ich je gesehen hatte—und im nächsten bin ich hier aufgewacht. Das mächtige Zimmer, die Wälder draußen, ich war nicht zu Hause. Ja, das war definitiv die Fantasiewelt in meinem Kopf.

Ich tapste über den kalten Holzboden, Unruhe machte sich in mir breit. Ein schnelles Kraulen des Kopfes der Katze und ich schritt durch die halb geöffnete Tür nach draußen.

Hier gab es noch mehr aufwendiges Mobiliar, der schwarze Stil setzte sich in einer Art Wohnzimmer fort. Ich könnte mich daran gewöhnen, mich in ein makellos gepolstertes Sofa mit unberührten Seidenkissen zurückzulehnen und die Aussicht zu genießen. Ein riesiger

Steinkamin verschlang die ganze seitliche Wand. Hinter mir erklang ein dumpfes Geräusch und der kleine Panther folgte mir auf den Fersen.

„Wie ich sehe, hast du dich dazu entschieden, nach mir zu schauen?" Ich wartete, bis sie mich eingeholt hatte und kraulte sie dann hinter den Ohren. Sie rieb sich an meinem Bein und zeigte mir dann den Weg zu einem Korridor mit granatrotem Teppich, der den Flur komplett durchzog.

Ich hätte mich fürchten sollen, aber dieser Ort hatte etwas an sich, das mich beruhigte. Mehr als alles andere wollte ich herausfinden, in welcher Ecke meines Verstands ich war, denn ich hatte den Verdacht, dass dies der Palast aus meinen Träumen war. Während ich weiterlief, wurde es mir ganz warm um Herz, ich betrachtete die dunklen Wände und meine nackten Füße klatschten auf dem kalten Steinboden. Ich berührte die schwarz-weißen Vasen, die mit Schnörkel und Mustern dekoriert waren, die für mich keinen Sinn ergaben. In jeder Ecke standen Statuen von Löwen und Bären in Angriffspositionen. Wände, denen es an Gemälden und Bildern fehlte, ließen auf ein Zuhause ohne Erinnerungen schließen.

Glaskugeln hingen an Ketten von der Decke und in ihnen zuckten Flammen. Sie waren hypnotisierend und ich hatte keine Ahnung, wie sie brennen konnten.

Hiss...

Ich wirbelte so schnell herum, dass sich mein Kopf drehte. Die kleine Katze stand mit gesträubtem Fell und aufgebauschtem Schwanz auf den Spitzen ihrer Pfoten, nur Zentimeter von meinem Bein entfernt. *Hssss.*

„Was ist los?" Furcht kroch an meinem Rücken hinauf. Diese Sache mit dem sechsten Sinn der Tiere kam mir in den Sinn. Was in aller Welt hatte die Katze gesehen? Ich wich weiter entlang des Flurs zurück, bis mein Rücken gegen etwas stieß... oder jemanden.

Mein Herz schlug mir bis zum Hals, ein kurzer Schrei kam mir über die Lippen, ich drehte mich um und sah, wie eine kunstvoll verzierte Vase vor und zurück schwang.

Meine Angst schoss in die Höhe, umklammerte mein Herz. Meine Arme schwangen nach außen und ich stabilisierte das verdammte Ding, das größer war als ich.

„Ach du grundgütiger Gott." Es fehlte gerade noch, dass ich die Vase zerbrach. Sicher, es war ein Traum und so... dachte ich. Aber irgendwie fühlte sich dieser Ort real an. Normalerweise führten meine Träume dazu, dass sich mein Kopf schwindelig anfühlte, aber nicht jetzt; das fühlte sich wie ein neuer, frischer Tag an. Wie auch immer, ich hatte genügend Filme gesehen um zu wissen, dass wenn man Lärm machte, die bösen Kerle herauskamen.

Hiss.

Hinter mir saß in der Mitte des Flurs ein Hund, eine Mischung aus Deutschem Schäferhund und einem Dobermann, der mir locker bis zur Hüfte reichte. Flauschig mit goldenem Fell, sah er mich mit dem treuesten Hundeblick an und ich schmolz dahin.

„Hey, wo kommst du denn her?", fragte ich ihn mit singender Stimme.

Kleiner Panther wich zurück. Ich sah mich um und da war nur die Tür, durch die ich gekommen war. Mich dem Hund nähernd streckte ich ihm eine Hand aus. „Wo hast du dich versteckt?"

Energiefunken rasten an meinen Armen hinunter und die Luft um das Tier herum glitzerte. Dann löste sich sein Pelz in Luft auf, zurück blieb ein braunes Fell, schmale Ohren, die sich zu scharfen Spitzen ausdehnten und ein langer, dünner Schwanz, mit einem Knüppel umwickelt mit Stacheldraht am Ende, wedelte hinter ihm.

Mein Mund stand weit offen.

Ich konnte nicht atmen, nicht begreifen, was ich soeben gesehen hatte. Meine Füße glitten rückwärts zurück. Ich musste weg hier. Mein Herz donnerte, während irgendwo hinter mir wieder die Katze fauchte. Sie wusste es besser als ich. Das war kein süßer Hund, das war ein verdammter Höllenhund.

Seine Ohren legten sich an, zwei Gebissreihen kamen zum Vorschein.

Mir kam ein Winseln über die Lippen.

Renne nicht vor Hunden weg, sagt man doch. Sie können die Angst riechen, sagt man doch.

Zur Hölle mit den Sprüchen. Ich stand dem Tod gegenüber, also schleuderte ich mich weg von der Bestie, ein Schrei bahnte sich seinen Weg voran. Schwere Schritte trafen hinter mir auf den Teppich. Schweres Atmen, ein Knurren, welches meinen Tod versprach.

Meine Füße hämmerten auf den Boden ein und ein Schrei löste sich aus meinem Hals. Das fühlte sich zu echt an, um ein Traum zu sein... Gott, ich würde hier sterben und nie mehr aufwachen. Das hatte ich schon einmal irgendwo gehört. Stirb im Traum und du hast es hinter dir.

Fauchen ertönte direkt hinter meinem Ohr und ein schwarzer Fleck zischte vor mich. Panther waren schwarze Fledermausflügel gewachsen und sie eilte voran, schlug gewaltsam mit ihren Flügeln.

Warte! Katzenflügel?

In diesem Moment ergab nichts einen Sinn, nichts, außer dass ich um mein Leben rennen sollte. Mir war irgendwie klar, dass wenn der Höllenhund mich einholen würde, ich Hundefutter wäre.

Tiefes, kehliges Knurren donnerte näherte, und die Haare auf meiner Haut stellten sich auf.

Voller Furcht rannte ich um die Kurve des Flurs und suchte verzweifelt nach einem Fluchtweg.

Vor mir lagen einige Türen und jeder Muskel in meinem Körper verkrampfte sich.

Ein plötzliches Reißen an dem Stoff meiner Schlafanzughose zog sie nach unten.

Ich brüllte, kämpfte darum, meine Hose anzubehalten. „Ich schwöre bei Gott, wenn du mich frisst, werde ich dich auf Ewigkeit heimsuchen."

Panther fauchte den gottverdammten Hund an und ich schnappte mir die Waffe, die mir am nächsten war: eine goldene Statue eines Nagers, die eine Tonne wog, obwohl sie nur so groß wie mein Kopf war. Ich schleuderte sie auf den Köter.

Schwarze Augen durchdrangen meine Seele. Um Zentimeter verfehlte die Statue seinen Kopf, als er sich aus dem Weg duckte und mich anknurrte. Der Nager knallte auf den Boden und zerbrach in zwei Hälften.

Ich warf mich gegen die nächstgelegene Tür, meine Hand kämpfte mit der Türklinke und bekam sie auf. Die Fledermauskatze rauschte hinein, kurz bevor ich die Tür zuknallte.

Eine Hand zog meine Hose nach oben, die andere stemmte sich gegen die Tür und mein Herz schlug wie wild.

Rumms.

Die Tür bebte, ihre Scharniere ächzten. Ich zuckte zusammen, blieb aber dort, stemmte eine Schulter gegen die Tür, hielt sie zu und hatte Todesangst, dass der

Höllenhund sich seinen Weg hier hinein durchbeißen würden. Welche Hunde hatten überhaupt zwei Gebissreihen?

Wie Espenlaub zitternd fühlte ich hinten an meiner Hose und spürte ein riesengroßes Loch. Der Scheißkerl hätte mir ein Bein ausreißen können. Es ergab kaum einen Sinn für mich, was das für ein Hund war, ganz zu schweigen davon, was in diesem seltsamen Gebäude vor sich ging.

Miau.

Fledermauskatze flatterte auf den Boden, ihre kleinen schwarzen Flügel falteten sich zusammen und legten sich an ihren Körper an, verschwanden in ihrem Fell.

„Was genau bist du?" Ich bückte mich zu ihr hinunter und streichelte ihren Kopf, fuhr ihr mit meiner Hand über den Rücken als sie einen Katzenbuckel machte. Meine Finger glitten über ihre Seite, die dünnen Knochen ihrer Flügel saßen eng angelegt perfekt unter ihrem Fell. Sie waren echt, interessant. Sie schmiegte sich gegen meine Hand, schnurrte und spazierte weiter in das große Zimmer hinein.

Einige schwarze Sofas standen in U-Form im Raum, gegenüber von Statuen wunderschöner Frauen, die mit Kriegerin Xena artigen Röcken bekleidet waren, Schilder vor der Brust hielten und in die Seiten und die Einfassung des Kamins geschnitzt waren.

Wandteppiche mit Löwen und Wölfen in der Schlacht bedeckten die eine Wand, während an der anderen eine riesige Vitrine mit Schmetterlingen hing. Flügel in allen Farben... silber, malve, koralle, apfelgrün und so viele mehr waren auf das weiße Brett gepinnt. Schmetterlinge? Das konnte nicht sein. Die Flügel waren zwanzig Mal größer mit einem transparenten Hauch. Jedes Paar war

auf das Brett gepinnt, zur Schau gestellt. Welches
fliegende Insekt hatte solch große und schöne Flügel?

Donnernd knallte ein Schlag gegen die Tür, der Hund
kratzte, um hineinzukommen.

Adrenalin schoss durch meine Venen. Schnellen
Schrittes eilte ich durch den fensterlosen Raum auf eine
weitere Tür zu, weit weg von dem Höllenhund. Der
Türgriff fühlte sich eiskalt an, als ich ihn berührte, und
ich stemmte die Tür auf, eilte nach draußen während der
Köter angsteinflößend knurrte. Schnell schloss ich die Tür
des Zimmers hinter mir und wich zurück.

Aber ich war nicht in einen Raum eingetreten,
sondern in eine Art innere Brücke. Hölzerne Planken
erstreckten sich über den Fußboden und eine gewölbte
Decke über mich, mit perlmuttfarbenen Fliesen. Wunderschön. Als ich aber auf den Wasserfall zu meiner Rechten
sah, der aus einer Felswand entsprang, stand mir mein
Mund offen. Ich eilte hinüber und stieß gegen eine Glass-
cheibe, die die Schönheit umgab.

Sonnenlicht fiel über die Kante der Klippe ein. War
das der Weg weg von diesem Ort? Nie würde ich gefahrlos
diese schiere Felswand erklimmen, aber vielleicht würde
ich hinter diesem Glas einen Weg finden.

Unter mir gab es aus meinem Blickwinkel nur
Dunkelheit. Panther spazierte an mir vorbei und rieb sich
an der Wand, wo Glaskugeln auf kleinen Säulen saßen.
Echtes Feuer züngelte in ihnen.

Wo war ich?

Schnellen Schrittes bewegte ich mich über die
Holzbrücke, die sich um den Wasserfall bog und fand
mich vor einer weiteren Flügeltür wieder, deren eine
Hälfte leicht angelehnt war.

Von drinnen ertönten schwache Stimme und mein

Magen verkrampfte sich. Definitv männlich. Schnelle
Schritte brachten mich näher und ich drückte ein Ohr an
das Holz und lauschte, während Panther zu mir hoch sah.

Einen Finger auf meine Lippen gepresst betete ich,
dass sie ruhig blieb.

„Wenn es nach mir geht, wird sie nicht mal in die
Nähe des Aschehofs kommen", sagte eine maskuline
Stimme beharrlich und ich erkannte ihn sofort. Die
Stimme aus meinem Kopf, der Mann aus den verschlungenen Wäldern, der mich zu Tode ängstigte. Und jetzt
konnte ich nicht atmen und fühlte mich, als würde mich
jemand würgen.

„Ist das so?", antwortete eine andere männliche
Stimme, die tiefer war, autoritärer. „Du schlägst also vor,
dass wir sie auf ewig einsperren? Wie sollte uns das
helfen?"

Unterhielten sie sich über mich? Was zur Hölle war
der Aschehof?

Panther drehte sich um, um ins Zimmer zu laufen und
ich jagte ihr nach, hob sie in meinen Arm hoch. Die
Bodendielen ächzten unter meinem Gewicht.

Ich drückte mir Fledermauskatze gegen die Brust,
bewegte mich keinen Zentimeter. Für einen langen
Moment sagte drinnen niemand ein Wort.

„Ich weiß, dass du es bist, Guendolyn", rief *er*.
Zur Hölle!

12

*M*it straffen Schultern atmete ich ein und trat mit erhobenem Kinn in den Raum. Die erste Regel der Einschüchterung war es, selbstbewusst auszusehen, auch wenn man sich innerlich in die Hose machte. Und was war das Schlimmste, das passieren konnte? Ich würde aus diesem verrückten Traum aufwachen?

Panther schnurrte auf meinem Arm, während ich in den Raum stiefelte.

Ich hob meinen Kopf und fand drei Männer vor, die in meine Richtung guckten. Meine Füße hörten auf zu funktionieren, wie auch mein Herz, wegen diesen Jungs... Meine Güte!

Sie waren atemberaubend... unsagbar atemberaubend. Blasse Haut. Rote Lippen. Augen voller Sünde.

Ich war hilflos... und in meinem Schlafanzug dort zu stehen, ließ meine Wangen rot anlaufen. Mit ihrer Gegenwart aber kam ein Verlangen in mir hoch, auf der Stelle kehrt zu machen und zur Hölle hier hinauszumarschieren. Ich erinnerte mich an die Worte des sexy Manns in den verschlungenen Wäldern.

Meine Aufmerksamkeit verweilte auf ihm, während sein Haar schwarz wie die Nacht auf seinen Schultern lag. Seine Präsenz ließ mich erschaudern.

Als er lächelte, leuchteten seine bernsteinfarbenen Augen auf. Er hatte etwas an sich, dass mir direkt das Bewusstsein nahm, mich starren und versuchen ließ, herauszufinden, was ihn so perfekt machte.

Diese drei waren wie niemand, den ich je zuvor gesehen hatte. Der große Kerl schaute mich mit einem schiefen Grinsen an, als wäre ich nicht genau das, was er erwartet hatte. Langes, weißes Haar fiel ihm auf die Schultern, gab ihm noch mehr von dieser seltsamen Anziehungskraft, die ich nicht so ganz zuordnen konnte.

Der Fremde auf dem Sofa trug sein weißes Haar zu einem losen Pferdeschwanz zusammengebunden. Sein Hemd stand am Hals offen, bespritzt mit Blut. Ich sollte mich fürchten, mir bewusst sein, wie grausam diese Kerle sein konnten.

„W-Wo b-bin ich?" Meine Stimme wurde ihnen gegenüber zittrig. Ich war nicht gut darin, Jungs gegenüber zu stehen, sogar in meinen Träumen, wie es schien. Es war meine Spezialität, hierbei auf ganzer Linie zu versagen.

„Du bist zuhause, kleiner Wolf. Nun, nicht ganz, aber nah genug dran." Er biss sich auf seine Unterlippe, als wäre er nervös und mein Herz zog sich zusammen.

Er spazierte auf mich zu, bekleidet mit einem dunkelgrünen Mantel über einem Hemd, der mit einem dicken Lederband um seine Taille zusammengebunden war, und einer dunklen Hose. Sein Gesicht wurde schon von einem

Lächeln umspielt und er erinnerte mich an Robin Hood.
Als er seine Hand ausstreckte, um den Kopf der Katze zu
kraulen, heftete sich mein Blick an seinen starken Unter-
armen fest, drahtige Muskeln, die mich überwältigen hätten
können. Alles an ihm war gefährlich... Und doch war alles,
woran ich denken konnte, die Dinge, die wir einander
erzählt hatten, als er eine bloße Stimme in meinem Kopf
war. All die Versprechungen, die er mir gegeben hatte.

„Es wird dir hier gefallen."

Seine Stimme... ließ mich dahin schmelzen. Es war
die eine Eigenschaft, die zu dem Kerl gehörte, der mich
getröstet hatte, nachdem Noah versucht hatte, mich zu
vergewaltigen, der da war, als ich mich so alleine in der
Welt gefühlt hatte. Aber etwas an diesem dunkelhaarigen
Fremden rief Angst in mir hervor, ein dicker Knoten
formte sich in meinem Hals.

Panther sprang aus meinem Arm, sofort breitete sie
ihre Flügel aus und sprang auf seine Schulter, saß dann
dort, wie ein Papagei. Einmal schütteln, ihre Flüge waren
wieder versteckt und sie rieb ihren Kopf gegen seinen.

„Wie ich sehe hast du Viper kennengelernt."

„Ich habe noch nie eine fliegende Katze gesehen, ein
süßer Name aber." Viper war die Art Name, den ich
erwartet hatte, wenn ein Mann seiner Katze einen Namen
gibt. „Sicher besser als Cujo im Flur", schnaubte ich laut
und bereute es sofort, meine Wangen glühten. *Tolle Arbeit,
Guen.*

„Cujo?" Er hob eine Augenbraue.

„Der Höllenhund in diesem Film, der jeden angreift?"

„Ich denke sie spricht von Sir Wolf-A-Lot", murmelte
der Kerl auf dem Sofa. Seine Stimme war so tief, sie
schnitt wie eine Klinge durch mein Herz.

„Niedlicher Name für einen Höllenhund, der fast

meine Hose gefressen hat", stieß ich heraus und erhielt keine Reaktion außer einem frechen Grinsen von Bernsteinauge, der die Katze auf seiner Schulter kraulte.

Stille.

Ich konnte ihre Blicke auf mir spüren, hungrige Augen glitten über meinen Mondschlafanzug, erfüllten mich mit elektrischem Zucken. Der große Kerl war mehr als gutaussehend und warum trug er einen Umhang? Alles an diesen Dreien schrie, dass ich wegrennen sollte, aber stattdessen tanzten andere Möglichkeiten in meinem Verstand. Verrückte Dinge, wie zu flirten und herauszufinden, wer sie waren, denn in einem Traum war alles möglich.

„Also", sagte ich, glitt durch die Verlegenheit im Zimmer und in diesem Moment beschloss meine Stimme abzureißen. „Wird mir jemand erzählen, was hier los ist? Wie ich hier her gekommen bin?"

Hunger brannte in den Augen des Großen, blau wie Eis und ich senkte meinen Blick von seinem. Vor ihm musste ich mich in Acht nehmen, das konnte ich in meinen Knochen spüren.

„Ja, Luther", neckte der Fremde auf dem Sofa mit dem süßesten, teuflischsten Lächeln. „Erzählst du es ihr? Der heutige Tag könnte noch amüsanter werden, als ich gedacht hatte."

Luther? Ich starrte den Mann, der vor mir stand, an, mit dessen Stimme ich mich jahrelang unterhalten hatte. Jeden Tag erwartete ich, seine Stimme zu hören, auch wenn er mich genervt hat. Ich hatte mich daran gewöhnt, dass er dort für mich da war. Aber jetzt vor ihm zu stehen, führte dazu, dass ich den Faden verlor.

Ich hörte mir seinen Namen in meinem Kopf an, mir gefiel, wie er klang. Luther. Dunkel und sexy. „Warum hast du mir nicht schon früher deinen Namen verraten, als—?"

Seine Hand nahm meine, seine Berührung war warm aber fest, und er zog mich schnellen Schrittes durch den Raum. Viper flog in die entgegengesetzte Richtung davon, während ich hinter dem Mann her stolperte.

„Komm, du musst am Verhungern sein."

Zügig liefen wir zu einer anderen Tür am anderen Ende des Zimmers und die anderen beiden Männer schauten uns neugierig zu.

„Ich habe keinen Hunger", begann ich und wollte mich lieber darüber unterhalten, wer sie waren, aber in dem Moment, als Luther die gigantische Tür aus Mahagoniholz öffnete, ließ der Duft von Kuchen meinen Magen knurren. „Naja, vielleicht ein kleiner Happen. Ich bin gespannt, wie das Essen hier schmeckt."

Er sah seltsam an mir herab. „Schöpfst du einen Verdacht?"

„Sollte ich?"

Er führte mich zu einem runden Tisch, an dem mindestens zehn Leute Platz nehmen konnten. Abbildungen von Tieren waren in die Leisten der hohen Decke geschnitzt, auf den Regalen schwebten Vasen mit weißen und gelben Blumen und Statuen mit noch mehr Tieren schmückten die Ecken aus.

„Schönes Esszimmer", sagte ich. „Wir essen meistens auf dem Sofa, während wir fernsehen."

„Setz dich." Er schloss die Tür hinter uns, sperrte die anderen aus und in mir begann es zu frösteln. Warum sperrte er uns hier drin alleine ein?

Er spazierte durch den Raum zu einer kleineren Seitentür und verschwand dahinter. Ich spielte mit dem Gedanken dorthin zurück zu gehen, von wo ich gekommen war. Ich war mir nicht sicher, wem ich hier vertrauen konnte.

So sah ich nach draußen durch die deckenhohen Fenster, auf ein Meer aus Bäumen, zu den schneebedeckten Bergen. Die Sonne stand hoch, also musste es um die Nachmittagszeit sein.

Die Aussicht war atemberaubend und hätte das perfekte Motiv für eine Postkarte ergeben. Wo war mein Handy, wenn ich es brauchte?

Schritte erklangen, als Luther zurück ins Zimmer kam und eine Schüssel mit sich brachte. Er stellte sie vor mir auf dem Tisch ab. „Die Küche bereitet noch mehr Essen für dich zu."

In der Schüssel war Eintopf mit großen Stücken; Karotten, Kartoffeln und Fleisch, das Aroma war berauschend und lecker. Ich nahm den Löffel, ließ mich auf den Stuhl plumpsen und fing an zu essen, als ein älterer Mann in schwarzer Kleidung und einer weißen Schürze herbeieilte und mir einen Teller mit frisch geschnittenem Brot und Butter brachte. Sein Gesicht blieb ernst und ich sah, wie er einen Blick auf mich erhaschte... neugierig zu sehen, wer ich war.

Ich lächelte, aber er senkte seinen Blick und marschierte direkt zurück in die Küche. In Ordnung, seltsam.

Mir war gar nicht bewusst, wie hungrig ich war, aber ich nahm mir ein Stück Brot, bestrich es mit Butter und aß, als hätte ich tagelang gehungert.

Luther setzte sich auf den Stuhl weiter neben mir und lehnte sich zurück. Ich schob den Teller mit dem Brot zu ihm und er bediente sich.

„Das ist lecker, besonders für einen Traum. Ich meine, ich kann essen was ich will, ohne fett zu werden, oder?" Ein weiterer Löffel verschwand in meinem Mund.

„Du denkst, dies ist ein Traum?"

Ich hob meinen Blick zu ihm hoch. „Das ist alles in meinem Kopf. Genau wie du."

„Du denkst, dass ich nur in deinem Kopf bin?" Er nahm einen Bissen vom Brot in seiner Hand.

Seine Fragen verunsicherten mich. „Wenn du es so sagst, weiß ich es nicht."

Der Bedienstete kehrte mit Silbergeschirr zurück, auf dem hoch aufgetürmt ein dampfender Braten lag, umgeben von Gemüse, und einem Teller mit verschiedenen Käsesorten und Früchten.

Alles roch göttlich. „Danke", rief ich dem Mann hinterher, als er davon eilte.

„Iss auf", murmelte Luther und sah mir mit Neugier in seinem Blick zu.

„Das ist viel." Aber ich hörte nicht auf und füllte meinen Teller. „Also nehmen wir an, dies ist kein Traum, so wie du sagst. Warum hast du mich hier her gebracht? Was willst du?"

Er saß einfach dort, sah mir beim Essen zu. Seine Lippen zuckten jedes Mal, wenn ich meinen Mund öffnete um einen weiteren Bissen zu nehmen. Er genoss es, genoss einfach nur zuzuschauen.

„Gefällt dir, was du siehst?", fragte ich.

„Du bist faszinierend."

Alles was er sagte war berechnend und dazu bestimmt, mich zu beeinflussen. Genau wie die Dinge, die er in meinem Kopf gesagt hatte. Zuvor reichte seine Stimme aus, um mich atemlos zu machen, jetzt aber genügte ein Blick auf seine vollen Lippen, damit ich mich verlor, die Intensität seiner Augen gab mir den Rest. Ich hatte weiterhin Gedanken, die ich nicht hätte haben sollen. Wie sich zum Beispiel seine Lippen auf meinen anfühlen könnten, ob jemand wie ich einen Mann wie ihn überhaupt interessieren würde.

„Ist es gut?", fragte er und starrte mich weiter an.

„Herrlich."

So nah bei ihm zu sitzen führte dazu, dass ich ihn einfach nur bewundern konnte, diese perfekten Proportionen, der gerade Unterkiefer... Makellos.

„Warum hast du mir deinen Namen nicht verraten, als wir uns unterhalten hatten?"

„Namen geben Macht und du weißt nie, wer zuhört", sagte er stumpf.

„Unseren Gedanken zuhört?" Ich schnaubte und wand mich wieder meinem Essen. „Als ob."

Seine Augenbrauen hoben sich, aber er aß einfach seine Scheibe Brot mit Vergnügen hinter seinen Regenbogenhäuten.

Seit Jahren haben wir uns jeden Tag unterhalten, seine Gegenwart war mein einziger Begleiter. Er wart der einzige, der für mich da war, wenn die Dinge aus dem Ruder gelaufen waren. Es war immer nur ich, die sich öffnete, niemals er, doch er hörte zu... hat immer zugehört.

Also wie gut kannte er mich? Denn er war nicht das, was ich erwartet hatte.

„Bin ich das, was du erwartet hast?" Ich kam mir dumm vor, diese Frage zu stellen und widmete meine Aufmerksamkeit wieder dem Essen. „Das ist blöd. Vergiss es."

„Ganz und gar nicht. Du bist... wie ein Sturm, der in mein Zuhause geweht ist und nichts wird wieder so sein wie zuvor."

Ich starrte ihn an, senkte das Brot von meinem Mund. „Was, wirklich? Ich bin so schlimm?"

„Warum nimmst du an, dass das schlimm ist?" Seine Lippen spannten sich an, aber er blieb in seinem Stuhl angelehnt und musterte mich.

Ich rollte mit den Augen. „Habe ich vergessen. Du beantwortest alles mit einem Rätsel."

„Es sind keine Rätsel. Du hörst nicht zu."

Mit noch einem Bissen Essen in meinem Mund antwortete ich: „Weil ich naiv bin."

Seine Lippen formten sich zu einem Grinsen und genauso hatte ich ihn mir jedes Mal vorgestellt, wenn er solche Bemerkungen über mich gemacht hatte. Er umgab sich immer ganz offensichtlich mit Arroganz, aber ich hatte nie von ihm erwartet, so unersättlich zu reagieren. Anziehung hinter seinem Blick zu erkennen, eine Einladung, näher zu kommen. Mein Herz schlug schneller.

„Wer bist du wirklich, Luther?" Ich biss in ein Stück Braten, als der Bedienstete mit golden dekorierten Gläsern gefüllt mit etwas Rötlichem und einem Teller mit purpurfarbenem Kuchen zurückkehrte.

Ich lächelte den älteren Herrn an, welcher nickte und eilig den Raum verließ. Das Essen spülte ich mit Trauben-saft hinunter und schaute weiterhin Luther an, der jede Bewegung, die ich machte, beobachtete. Ihm entging keine Sekunde, nicht einmal, dass ich einen Krümel vom Oberteil meines Schlafanzugs nahm. Er sah mich an, als kannte er meine Sehnsüchte, meine Wünsche, meine Ängste und ich erschauderte. Als er in meinem Kopf war, konnte er nur meine Worte spüren oder auch alles andere?

„In den Königreichen der Irrfahrten bin ich der Prinz

der Dunkelheit, ein Lord, ein Meister." Er sprach so sanft, aber unter seinen Worten schwang die Macht mit. „Mein älterer Bruder ist der Thronerbe, während mein jüngerer Bruder und ich die Prinzen an seiner Seite bleiben werden."

„Thron? Wer ist dein Vater, wenn er der König ist? In welchem Land sind wir?" Ich war mir nicht sicher, ob mein Verstand geschickt genug war, um sich so etwas auszudenken.

„Du denkst scheinbar immer noch, dass dies ein Traum ist."

Ich lächelte ihn schief an. „Naja, ist es das nicht?"

„Würdest du dein Leben darauf verwetten?" Sein Mund straffte sich. Er stand auf und auch ich stand mit auf, mein Puls raste.

„Geh nicht. Erzähl mir mehr. Was ist der Aschehof?" Er würde mich warten lassen, da ich so viele Fragen hatte.

Seine Augen verengten sich und sein Atem wurde schneller. „Spionage ist eine Straftat, die im Schattenhof mit dem Tod bestraft wird."

Ich studierte sein schönes Gesicht, wartete darauf, dass er wieder begann, zu lächeln, zu lachen, irgendetwas das verriet, dass er scherzte. Aber sein Blick verfinsterte sich.

„Wie viel hast du gehört?", verlangte er zu wissen.

„N-Nur diesen Teil", krächzte ich und räusperte mich. Beide standen wir da, ohne ein Wort zu sprechen. Mein Mund war wie ausgetrocknet und ich zermarterte mir das Hirn nach etwas, das ich sagen konnte. Was hätte ich nicht hören dürfen? Dass sie gesagt hatten, dass sie mich für immer wegsperren wollten?

„Komm", sagte er. „Geh dich waschen und dann werde ich dich meinen Brüdern richtig vorstellen."

„Ich bin okay so." Aber meine Worte wurden ignoriert, während er wie ein rasender Bulle in die Küche stürmte.

„Hey, ich habe *nein* gesagt", rief ich ihm hinterher und blieb eisern.

Er hielt inne und sah mich über seine Schulter an, seine Augenbrauen zogen sich zusammen. „Es scheint, als hättest du deine Position vergessen."

Mein Kiefer stemmte sich zusammen. Er war ein Mann, der es gewöhnt war, seinen Willen zu bekommen, daran, dass andere taten, was er befahl. Ich kannte das... habe es so oft in seiner Stimme gehört, aber ich hielt meinen Kopf hoch und versteckte meine Missachtung nicht.

„Ich gehöre dir nicht."

Er leckte sich über seine Lippen und das Feuer in seinen Augen brach aus. „Du hast immer mir gehört, kleiner Wolf. Du wusstest es nur nie."

13

"Fasst mich nicht an", brüllte ich und schlug die Hände der Bediensteten weg.

Zwei Frauen, älter als ich, rissen und zogen an der Hose und dem Oberteil meines Schlafanzugs. Es war schon schlimm genug, dass sie mich durch die Küche, entlang eines Flurs in ein anderes Zimmer gezerrt hatten, aber jetzt sollte ich auch noch ein Bad nehmen? Beide trugen ein bodenlanges, schwarzes altertümliches Kleid mit kurzen, ausgestellten Ärmeln und einem elastischen Bund.

Und Luther lehnte mit einer Schulter gegen den Türrahmen, grinste und amüsierte sich prächtig. Würde er zusehen, wie sie mich auszogen?

„Ich gehe da nicht rein. Mein Schlafanzug bleibt an." Ich stolperte aus ihrer Reichweite und betrachtete die freistehende Metallwanne mit goldenen Klauen als Füße, gefüllt mit Wasser. Zuhause hätte ich mich nicht zweimal bitten lassen, da wir nur eine Dusche hatten, aber ich nahm nicht auf Kommando ein Bad. Ich hätte kotzen können.

„Herrin, sie müssen sich waschen und anständige Kleidung tragen. Nicht diese..." Die Rothaarige wedelte mit ihrer Hand in Richtung meines Schlafanzugs und runzelte die Nase. „Diese Aufmachung ist nicht passend für die Blicke der Prinzen. Er wird sich die Augen verbrennen."

„Nein!", quietschte ich. „Den habe ich von Jen. Wagt es nicht." Ich legte meine Hände um meinen Bauch und wich zurück. Jen hatte ihn mir zu meinem letzten Geburtstag geschenkt und bestand darauf, dass ich in einem Schlafanzug mit lächelnden Monden süß aussah. Ich war anderer Meinung aber hatte es nie übers Herz gebracht, ihr das zu sagen, und doch trug ich ihn.

Die Brünette mit wippenden Locken kam von meiner Linken und ich sprang in die entgegengesetzte Richtung, machte einen Schlenker um einen Stuhl herum, meinen Blick auf den Türdurchgang gerichtet. Ich würde Luther direkt über den Haufen rennen, wenn er nicht aus dem Weg ging.

Ich warf mich an ihm vorbei, aber seine Hand schoss hervor und über meinen Bauch, riss mich unsanft vom Boden hoch und er hielt mich, als wäre ich ein Kind, in seinen starken Armen.

Der plötzliche Stoß ließ mir den Atem versagen, so wie ihm so nahe zu sein und die feste Härte seiner Muskeln zu spüren, aber es hielt mich nicht davon ab, ihm eine Faust gegen die Brust zu hämmern. „Lass mich runter. Ich meine es ernst."

Kein Wort. Er trug mich durch das Zimmer und tunkte mich direkt in die Wanne, mit Kleidung und allem. Lauwarmes Wasser verschlang mich. Ich spritzte Wasser umher und setzte mich auf, überall schwappte Wasser über. Ich rieb mir die Augen, der Zorn kochte in meinen Venen.

„Wer denkst du eigentlich, wer du bist?", rief ich.

Luther sah an mir hinunter, sein Blick bohrte sich wie ein Laser in meine Brust. Meine Brustwarzen drückten gegen das nasse Oberteil des Schlafanzugs und meine Armen zuckten, um mich zu bedecken.

„Dies ist mein Zuhause und das bedeutet, dass du meinen Regeln folgen wirst." Er wand seine Aufmerksamkeit von mir ab und marschierte aus dem Raum, seine Stiefel donnerten auf den gefliesten Fußboden, bevor er die Tür hinter sich mit einem hallenden Knall zuschlug.

„Arschloch." Meine Finger umfassten den Rand der Metallwanne.

Die Dienstmädchen waren binnen Sekunden an meiner Seite, beide zogen an den nassen Ärmeln meines Oberteils, zogen es weiter nach oben und über meinen Kopf.

„Hey! Nehmt mir nicht meinen Schlafanzug weg."

Die eine seifte mein Haar ordentlich ein, dies musste ihre Rache dafür sein, dass ich nicht ihren Anweisungen gefolgt war. Wasser spritzte mir ins Gesicht, geriet in meine Nase und meinen Mund.

„Entweder bist du ein sehr mutiges oder ein sehr dummes Mädchen", murmelte die rothaarige Frau.

„Wie kommst du darauf?" Ich zuckte bei ihrer Direktheit zusammen und suchte vor der Wanne nach meinem Oberteil.

„Du hast eine Hand gegen den Prinzen erhoben. Das bedeutet den sofortigen Tod." Die runden Lichter spielten Schatten auf ihr Gesicht und Furcht zeigte sich in ihrem Gesichtsausdruck.

„Gibt es hier irgendetwas, das man tun kann, was nicht den *sofortigen Tod* bedeutet?"

Die Brünette grinste, ihre Augen lachten über meinen Kommentar.

Die Rothaarige zerrte an meiner Hose. „Zieh sie aus", kläffte sie mich mit Bissigkeit in ihrem Blick an und ihre Hände zogen bereits am Stoff. Ich rutschte aus ihr hinaus, streifte sie an meiner Hüfte hinunter und zog sie mir aus. Nackt saß ich im Wasser und zog meine Knie an meine Brust heran, fühlte mich angreifbar und beschämt. Sie sah meinen nackten Körper mit einem selbstzufriedenen Lächeln an. Meine Hüften waren zu groß, meine Brust nicht groß genug und ich hatte keine Taille. Ich schob ihre Hände von mir weg. „Ich wasche mich selbst, ich kann das. Macht nur bitte nicht meine Kleidung kaputt", bat ich und sah ihnen nicht in ihre urteilenden Augen.

„In Ordnung", schnaubte die Rothaarige. „Ich lasse sie waschen." Sie warf mir ein Stück Seife in die Wanne und stürmte aus dem Zimmer, ihre Schritte waren schwer, trotz ihres leichten Humpelns. Als die Tür sich schloss, hob ich meinen Blick zu der Brünetten.

„Sie hat die Zunge einer Schlange, ist aber harmlos. Sie kann die Prinzen nicht enttäuschen. Keiner von uns kann das." Ihre restlichen Worte blieben unausgesprochen...

Das Dienstmädchen saß auf dem Rand der Wanne und faltete einige Handtücher auf eine Art, die mich an Jen erinnerte. Sie hatte eine Leichtigkeit an sich, eine kümmernde Natur, auch wenn sie nicht die taktvollste Person auf der Welt war.

„Er ist also wirklich ein Prinz? Oder..."

„Definitiv, Herrin."

„Du musst mich nicht so nennen. Das klingt, als

hätte ich eine Affäre." Ich fand die Seife im Wasser, rollte das Stück in meinen Händen hin und her, bis es schäumte und der Schaum sich auf meinen Händen verteilte. „Und seine Brüder, einer von ihnen wird König werden?"

Sie nickte. „Mit ihm musst du besonders vorsichtig sein."

Die Angst übernahm mein Innerstes. Die eisigen Augen des Thronfolgers versprachen einen wilden Hunger und meine Instinkte schrien, ihm nicht zu vertrauen.

Ihre Wangen wurden blass und sie rang panisch nach Luft. „Verzeih mir. Das hätte ich nie sagen dürfen." Ihre Aufmerksamkeit fiel auf die Tür und zurück, Angst knickte ihre Haltung ein, ihre Hände umklammerten das Handtuch. Was hatten die Prinzen getan, dass sie sich so sehr fürchtete?

Ich lehnte mich hinüber, legte eine nasse Hand auf ihre. „Es ist in Ordnung. Ich werde nichts verraten. Versprochen." Die Wahrheit war, je mehr Zeit ich in dieser Welt verbrachte, desto mehr stellte ich in Frage, dass es sich um einen Traum handelte. Und damit kam eine Angst auf, die das Leben aus mir saugte. Solche Orte existierten nicht, aber ich hatte mein ganzes Leben lang das Königreich durch meine Träume gesehen. Einmal sogar in einer Gasse. Es sah genauso echt wie die Gebäude zuhause aus. In letzter Zeit war ich mir wegen nichts mehr sicher, noch nicht einmal meiner eigenen Identität.

„Weißt du, wer ich bin?", murmelte ich, ließ mich zurück ins Wasser gleiten und schäumte mich selbst ein.

Sie sah mich mit zusammengezogenen Augenbrauen an. „Sollte ich? Du bist nur eine weitere Frau, die die

Prinzen in ihren Palast gebracht haben. Es ist nicht unsere Angelegenheit, solche Dinge in Frage zu stellen."

Ich wusch die Seife von meinen Armen, unsicher, was ich von ihrer Antwort halten sollte. Also brachten sie regelmäßig noch andere hier her... Ich war kein Narr, wusste, was sie andeutete, aber ihre Worte zerrissen mich. Mein Innerstes fror ein bei dem Gedanken, dass Luther noch andere wie mich hier her gebracht hatte.

Die rothaarige Dame betrat wieder den Raum und lenkte mich ab. Dunkelvioletter Stoff hing über ihrem Arm, Satin und etwas Spinnennetzartiges. Ihre wulstigen Augen fixierten mich. „Du bist noch nicht fertig?", fragte sie schnippisch.

„Gib ihr einen Augenblick, Lys. Sie ist noch ein Kind." Sie hörte sich fast an, als hätte sie Mitleid mit mir, als kannte sie mein Schicksal. Ich wurde doch nicht etwa geopfert... oder?

Ich glitt mit der Seife über meine Beine, bevor die Frau mit den roten Haaren und roteren Augen wieder grob mit mir wurde. Aus der Wanne raus trocknete ich mich selbst ab, während sie mir dabei zusahen und dann ließen sie mich im Kleid untergehen.

Mit erhobenen Armen fiel das Handtuch zu Boden, welches ich mir um den Körper gewickelt hatte. Die Frauen stießen und zogen, schoben das Kleid über meinen Kopf und zogen es an meinem Körper entlang nach unten. Weiches Satin schmiegte sich an meine Haut, es saß straff über meiner Brust und der Rock, der aus mehreren Lagen gefertigt war, glitt mir runter bis zu den Füßen. Lange Ärmel waren an den Schultern angesetzt, spitzenartig und locker herab bis zu meinen Fingerknöcheln.

Es war anstrengend, einen tiefen Atemzug zu nehmen.

„Ich glaube, es ist zu klein. Ich brauche die nächstgrößere Größe."

Ich fuhr mit einer Hand über meinen Oberkörper, der in das Kleid gepresst war und mein Dekolletee formte zwei perfekte Halbkugeln. Um es positiv zu sehen, dies ließ es so aussehen, als hätte ich größere Brüste, als ich wirklich hatte, und meiner Meinung nach war das in jedem Fall ein Bonus. Ich zupfte an dem Stoff um meine Taille herum, aber die rothaarige Frau gab mir einen Klaps auf die Hand.

„Willst du das Kleid ruinieren?"

„Es ist zu eng. Ich kann nicht atmen." Das dunkelviolette Kleid schimmerte wie der Nachthimmel. Zum allerersten Mal hatte ich eine dünne Taille. Vielleicht war es wert, das Atmen zu opfern, um wie eine Barbie auszusehen.

„Setz dich", befahl die herrische Dame und ich tat, wie mir befohlen wurde. Der straffe Stoff schnitt in meine Haut und machte es mir nahezu unmöglich, mich zu beugen. Sie kämmten mein Haar, während ich Grimassen schnitt und meine Zähne bleckte, überzeugt davon, dass ich keine Haare mehr hätte, wenn sie fertig waren. Die Brünette stand vor mir und legte mir ein goldenes Haarband um meinen Kopf, das hoch auf meiner Stirn saß. Ich griff nach oben, meine Finger spielten mit dem dünnen Band, das aus vielen aneinandergereihten Sternen bestand.

Dann zwickte sie mir heftig in die Wangen.

„Au." Ich zuckte zurück. „Was machst du?" Mein Gesicht schmerzte noch immer von ihrer Attacke. „Warum machst du so etwas?"

„Um dir Farbe ins Gesicht zu bringen, Mädchen." Sie

rollte mit den Augen, als wäre dies die übliche Vorgehensweise.

„Dafür hat man Rouge erfunden." Verdammt, meine Wangen taten höllisch weh.

Die rothaarige Frau kniete vor mir und stopfte meine Füße in spitze, schwarze flache Schuhe, die etwas zu eng um meine Zehen herum saßen. Sie schüttelte mit dem Kopf. „Du erzählst komisches Zeug. Nun auf. Wir müssen gehen." Sie stand auf, nahm meine Hand und zog mich raus in den Flur, zerrte mich mit Eile voran.

Dunkle Steinwände, Feuerkugeln und Teppiche. Keine Gemälde, die den Flur dekorierten. Sogar Statuen fehlten in diesem Teil des Herrenhauses.

Mit jedem Schritt teilte sich der Stoff von meinen Knöcheln hoch zur Hälfte meines Oberschenkels, zeigte zu viel Bein.

„Warte, ich bin noch nicht soweit", forderte ich und stemmte mich gegen sie. In der Dunkelheit versuchte ich auszumachen, wohin sie mich zog.

„Du bist mehr als bereit", murmelte sie, während sie mich mit ihrem Todesgriff weiterzog. Wir sind in diesem Palast an so vielen Türen vorbeigelaufen, ich könnte mich nicht erinnern, wie ich zu meinem Schlafzimmer zurückkäme, selbst wenn ich es versuchen würde.

In verrückter Eile stolperte ich hinter ihr her, es gab noch nicht einmal einen Spiegel in den ich blicken konnte, um zu sehen, wie ich aussah, aber es gab ein größeres Problem.

„Stopp. Ich bin nicht bereit", sagte ich.

Wir hielten vor einer Tür inne, die Frau sah mich an und ein spöttisches Lächeln umspielte ihre Lippen. „Du wirst nicht überdauern, keine von ihnen tut es, also befolge einfach die Regeln und bringe es hinter dich. Sage niemals *nein* zu dem Prinzen. Antworte nie frech. Beleidige sie einfach nie."

Ich erstarrte, mein Verstand taumelte von ihren Anweisungen. „Ich kann zu gar nichts *nein* sagen?"

„Niemand sagt *nein* zu ihnen. Verstehst du das nicht?" Ihre Stimme wurde streng.

Der Gedanke, dass sie so viel Macht über mich hatten, war angsteinflößend.

Sie sah mich an, bevor sie die Tür öffnete. Ich blinzelte in das hell erleuchtete Zimmer hinein.

„Lächle und mach, was man dir sagt", flüsterte sie, schubste mich mit einer Hand am Rücken voran.

Auf wackligen Beinen stolperte ich in das Zimmer herein. Sie knallte die Tür zu und ließ mich dort drin alleine. Ich versuchte schnell die Türklinke zu drücken, aber es war abgeschlossen.

„Ja, danke dafür", nuschelte ich.

Eine leichte Brise strich durch mein feuchtes Haar, meine Arme hinunter und flatterte durch die Lagen meines Rocks, die Berührung wie weiche Finger, die über meine Beine glitten.

Ich sah mich in dem schmalen Raum mit einem langen Holztisch und einem Dutzend Stühlen um, die aus dunklem Kirschholz gemacht waren.

Eine Kriegsszene zwischen Bären war in die Kaminumrandung geschnitzt. Flammen knisterten und spuckten Glut, warfen lange Schatten über den Teppich, der mit aufwendigen Mustern gewebt war. Wandteppiche hingen an den restlichen Wänden, jeder von ihnen zeigte eine Landschaft. Männer auf Pferden, die in den Wäldern jagten. Schlösser, die im Mondschein funkelten. Ich trat vor eins der Bilder... eine Brücke, zwischen zwei Bergen hängend. Genau wie die aus meinen Träumen. Ich dachte immer, dass das Königreich ein besonderer Ort war. Warum sonst sollte jemand auf einen Berg steigen und über eine solche lange Brücke, um es zu erreichen?

Auf der anderen Seite des Zimmers öffnete sich plötzlich die Flügeltür und Sonnenlicht durchflutete den Raum. Ich zuckte zusammen, mein Herz knallte gegen meinen Brustkorb.

Dort stand Luther, sein Gesichtsausdruck voller Überraschung. Fasziniert. Ein Lächeln kroch auf sein Gesicht und die Luft im Raum wurde dicker.

Hitze stieg in meinen Wangen hoch. Alle Absichten, die Wahrheit einzufordern und die Dinge auf den Punkt zu bringen, bis die Prinzen nachgaben, schwanden.

Luthers Blick auf mich verschärfte sich zu diesem rohen Hunger, den ich zuvor auch bei seinem Bruder gesehen hatte. Diesen Blick würde ich von einem Raubtier erwarten, das Jagd auf mich machte.

Er schritt in meine Richtung, groß und so gutaussehend. Für diesen kurzen Augenblick, als er auf mich zukam, faszinierte er mich. Die Kraft, die er ausstrahlte. Die Breite seiner Schultern. Die Intensität seines Blicks, der sich über meinen Körper senkte, seine Lippen, die sich zu einem teuflischen Lächeln verformten.

Er hatte etwas an sich, dass mich zu ihm hinzog, als wären wir mit einer unsichtbaren Schnur verbunden, die uns näher und näher zueinander zog.

„Du siehst wundervoll aus." Als er sich zu mir herab lehnte, ließ mich einer seiner Atemzüge auf meiner Wange erschaudern.

Er roch männlich und nach Moschus, mein Herz schlug so stark, sein Donnern dröhnte in meinen Ohren.

„Der Stoff deines Gewands ist federleicht, schmiegt sich an jede feine Kurve an. Wenn du so aussiehst..." Er zuckte zusammen, der Griff seiner Hände auf meine Armen festigte sich, aber er beendete seinen Satz nicht. Was hielt er zurück, und warum?

„Was ist los?", flüsterte ich.

Seine Augen verengten sich vor Anspannung, als würde ihn das, was ihm auf der Seele lag, überwältigen und auffressen. „Was willst du hören? Dass ich dich nicht aus meinen Gedanken bekomme? Wie ich dich gegen die Wand drücken möchte, unter mir?"

Nun hätte Angst durch mich fahren sollen und ich hätte mich fürchten müssen, doch stattdessen ergriff Erregung von mir Besitz. Mit diesen wenigen Worten kribbelte ein Kitzeln zwischen meinen Oberschenkeln und ich stellte mir vor, wie ich unter ihm war und ihn anflehte, mir zu zeigen, wie man die Welt vergisst. Ich sehnte mich danach, ihn zu berühren, ich ganz zu kennen. So habe ich mich noch nie zuvor gefühlt, nicht mit dieser Intensität. Noch nie hat ein Kerl so mit mir geredet, auf eine Art, die mich zu sehr lähmte, als dass ich hätte antworten können.

„Du bist nicht bereit für mich. Das erkenne ich jetzt." Er ergriff meine Hand und zerrte mich in Richtung des Balkons, unsere Verbindung war elektrisierend, sie verschlug mir den Atem und ich war nicht in der Lage, an etwas anderes als seine Finger auf meiner Haut zu denken.

Aber seine Worte schmerzten. Er dachte, ich wäre nicht bereit, um mit ihm zusammen zu sein? Dass ich zu jung war, zu naiv, zu... zu was?

Doch ich ließ zu, dass er mir zusetzte, erlaubte ihm, mit meinem Verstand zu spielen.

Ich schluckte laut und folgte ihm auf den Balkon, ein übergroßer, rot gefliester Vorsprung mit einem schwarzen

Metallzaun um uns herum, der die Form von Rosen und dornigen Stämmen hatte.

Ein Ozean aus Grün-, Blau- und Weißtönen erstreckte sich über die Waldlandschaft in der Ferne. „Wow, von hier oben ist es unglaublich."

„Die beste Aussicht im ganzen Königreich."

Ich sah zu ihm hinüber, mein Herz raste noch immer und mein ganzer Körper kribbelte.

„Komm. Setze dich."

Hinter ihm saßen seine beiden Brüder zurückgelehnt in großen goldenen Stühlen. Hypnotisierende Augen. Geöffnete Lippen. Das weiße Haar schien im Sonnenlicht zu leuchten.

Eine Luftbrise oder etwas anderes berührte meine Hüfte. Ich drehte mich, aber dort war niemand, als ich jedoch nach unten sah, starrten mich tiefschwarze Augen an. Kantige Ohren, kurzes braunes Fell und seine spitze, ruhige Rute. Der Höllenhund!

Mir sackte der Magen in die Knie, wie ein Ziegelstein auf den Grund des Meeres. Mein Instinkt zuckte durch mich. Ich drückte mich an Luther heran, meine Hände griffen nach ihm und meine Fäuste klammerten sich an seinem Hemd fest, während ich mich hinter ihn schob. Keine meiner Glanzleistungen, aber ich wollte nicht, dass das Biest mich in Stücke riss.

Die zwei Prinzen lachten. Ja, sie würden dabei zusehen, wie ich gefressen würde, ohne eine Anstrengung zu helfen zu tätigen und ich hasste sie dafür, dass sie diesen Augenblick genossen.

„Er wird dir nichts tun", versicherte mir Luther. Das glaubte ich ihm nicht.

„Sir Wolf-A-Lot würde keiner Fliege etwas zuleide

tun", gurrte Luther, griff hinüber und streichelte den Kopf
des Köters.

„Damit soll es mir besser gehen?", raunte ich und erinnerte mich an die Warnung des Dienstmädchens darüber,
wie ich mich den Prinzen gegenüber verhalten sollte.
Aber es war mir egal, nicht wenn mein Herz so laut
schlug, dass es jeden Moment durch meinen Brustkorb
brechen könnte.

Der schadenfrohe Prinz, der seine Haare zum Pferdeschwanz gebunden hatte, lehnte sich weiter in seinem
thronartigen Stuhl zurück und beobachtete mich.

„Es ist wahr", sagte er. „Das ist der Grund, warum er
nun unser Haustier ist. Er rennt vor Dingen weg, die er
eigentlich jagen sollte. Luther hat sich diesen kindischen
Namen ausgedacht, aber jetzt hört das Tier auf nichts
anderes mehr. Es ist, als würde es ihm gefallen, uns zu
verspotten, jedes Mal wenn wir ihn rufen.

Der Hund starrte mich aufmerksam an, und zwar
nicht mit liebenden Augen. Ja, er sah eine Mahlzeit in mir.

Luthers Hand war auf meiner. „Du bist in Sicherheit.
Ich gebe dir mein Wort."

Ich verabscheute es, dass sie mich als hilflos,
verängstigt sahen.

„Setze dich", kommandierte der größte der Prinzen
mit tiefer Stimme und zeigte auf den kleinen Hocker vor
ihnen.

Ich hob eine Augenbraue, aber Luther schob mich zu
dem für mich vorgesehenen Sitzplatz, indem er mir gegen
den Rücken drückte und ich biss meine Zähne
zusammen.

In meinem perfekten Kleid duckte ich mich runter zu
dem kleinen hölzernen Stuhl, der nur drei Beine hatte, mit

eng angewinkelten Knien, angehoben von dem niedrigen Sitz. Ich klammerte mich an dem Stoff meines Gewands fest, rutschte auf meinem Platz herum und war genervt, dass ich keinen schönen Stuhl bekommen habe. Bei meinem Glück würde der Hocker unter mir zusammenbrechen und ich würde ihnen alles prächtig zur Schau stellen.

Sir Wolf-A-Lot watschelte auf mich zu und saß nur wenige Zentimeter von mir entfernt, glotzte mich an, als würde er jeden Moment auf mich zu springen und mir den Kopf abbeißen. Meine Hände zitterten, während ich den Stoff fester zusammendrückte.

Den Schweiß, der mir den Rücken hinunterlief, und den Köter, der wahrscheinlich meine Furcht roch und sich die Lippen leckte, ignorierend, blickte ich hoch zu den drei Prinzen in ihren majestätischen Stühlen.

„Warum bekomme ich keinen richtigen Stuhl?", platzte es aus mir hinaus, denn ich wollte nicht auf derselben Höhe wie Cujo sitzen.

„Was denkst du denn?", fragte Luther mit ernster Stimme.

„Damit ihr euch überlegen fühlen könnt." Ich grinste ihn an.

Der Prinz mit dem Pferdeschwanz lachte. „Sie hat Rückgrat. Lasst sie uns behalten."

Luther hatte einen düsteren Gesichtsausdruck. „Ich hole ihr einen anderen Stuhl." Er schnaubte, stand auf und verließ den Balkon.

Ich drehte mich weg, bewunderte die Landschaft, noch immer ahnungslos, wo ich eigentlich war, und legte meine Arme um meine Knie, ob der Tatsache, dass ich mich mit dieser Dummheit herumschlagen musste, diesen Spielen. Ein Gehorsamstest? Um zu sehen, ob ich hier wie ein Idiot sitzen würde oder ob ich für mich selbst einstehen würde?

Einige Momente später kam er mit einem Stuhl zurück und ich ließ mich darauf nieder, sobald er sich gesetzt hatte, überschlug meine Beine und sah die drei an. Nun fühlte ich mich weniger wie eine Bauersfrau und eher wie jemand, der ein Vorstellungsgespräch hatte.

„Guendolyn, lass mich dir meine beiden Brüder vorstellen", begann Luther und mein Verstand raste bei dem Gedanken an den Namen, bei dem er mich nannte, als wüsste er mehr über mich, als ich selbst es tat.

Er blickte rüber zu dem größten der Männer. „Ahren Lorcayn, der Älteste und der Thronerbe des Schattenhofs. Neben ihm sitzt Deimos Lorcayn, mein jüngerer Bruder und der dritte Prinz der Thronfolge."

Sie starrten mich alle an, als warteten sie darauf, dass ich mich auch vorstellte. „Ich bin Guen."

„Es heißt Guendolyn", korrigierte Luther mich mit einem Grinsen, worauf hin ich meine Stirn runzelte.

„Es heißt Guen." Meine Stimme erhob sich etwas mehr, als ich es geplant hatte, was Cujo so einem tiefen, kehligen Knurren verleitete.

„Widersprich nie", hatte das Dienstmädchen gesagt.

„Guendolyn", warnte Luther.

„Die Sache ist..." Ahren lehnte sich nach vorne, seine grünen Augen drangen zu nah zu mir vor, durchbohrten mich. „Jeder weiß, wer du bist, dass dein Name Guendolyn ist, was du darstellst... Jeder, außer dir."

Meine Missachtung kam um mich herum nieder. Sein Reden, als ob er mich kannte, von Dingen, die sie vor mir verborgen hatten, führte dazu, dass ich mich leer fühlte, als hätte jemand alles, was ich besaß, gestohlen, während ich weggeschaut hatte.

„Ich weiß von deinen Träumen über unser Land. Wie du davon besessen bist, zu malen, was du siehst", erklärte Ahren.

„Was weißt du?", flüsterte ich voller Angst, welche Geheimnisse vor mir verborgen wurden.

„Dass Feenblut in deinen Adern fließt, dass Guendolyn ein Name ist, der über die meisten Lippen des Königreichs gekommen ist, dass du das verlorene Mädchen bist, dass unserer Welt entrissen wurde."

Ich blinzelte Ahren ein paar Mal an, wartete darauf, dass mein Gehirn aufholte, dass die Zahnräder begannen, einen Sinn aus dem zu formen, was ich gehört hatte. Meine Atemzüge wurden zu schnell, während die drei mich beobachteten, als wären Ahrens Wörter irgendwie wahr. Fee? Wirklich? Ihrer Welt entrissen?

Ja, endlich war ich zusammengebrochen. Mein Gehirn war übergeschnappt und ich hatte zu viele Fantasyfilme geguckt.

Ein nervöses Lachen kam mir über die Lippen. „Nun, wenn ich eine Fee wäre, hätte ich schon vor langer Zeit meine Flügel entdeckt, meine Ohren wären spitz, ich... keine Ahnung, was machen Feen sonst noch so?"

Es gab keine Regung in ihrem steifen Auftreten und es fühlte sich surreal an, so ernsthaft über diese Dinge mit drei Männern zu sprechen, die auf die Titelseiten von Magazinen gehörten, die mich ohnmächtig werden ließen.

„Nur Elfen haben Flügel." Deimos schnaubte, als hätte ich das selbstverständlicherweise wissen müssen. „Und du hältst dich besser von ihnen fern. „Nun, was die spitzen Ohren angeht"—er zuckte mit den Schultern— „einige Feen haben sie; andere nicht. Es ist wohl eine vererbliche Eigenschaft."

Mein Mund stand offen, unsicher darüber, wie ich seine Antwort deuten sollte. Luther hatte zuvor schon angedeutet, dass dies kein Traum war. Wenn er aber die Wahrheit gesagt hatte, dann was? Ich war irgendwie in einem Fantasieland mit Feen und Elfen und Königen gelandet?

Sir Wolf-A-Lot leckte sich laut. Oh klar, und ein verdammter gestaltenwandelnder Höllenhund.

Der Bedienstete von vorhin kam und trug eine Silberplatte, reichte Ahren ein Getränk in einem mit Juwelen besetzten Kelch, dann den anderen beiden Prinzen, dann mir. Ich nahm an und trank zwei Schlücke, befeuchtete meinen trockenen Mund. „Also, ich bin eine verlorene Person aus dieser Welt, sagst du." Ich presste den Kelch an meine Lippen und trank den erfrischenden nach Minze schmeckenden Eistee aus. Der Mann füllte meinen Becher aus einem goldenen Krug wieder auf.

„So etwas in der Art", fügte Luther hinzu.

Ich rutschte auf meinem Stuhl umher. Sie waren vielleicht die schönsten Männer der Welt, aber sie logen, wenn sie nur den Mund aufmachten und hatten Geheimnisse. Es war in ihren Blicken zu erkennen, ihren kurzen Antworten.

„Wenn ich von hier bin, wo sind dann meine Eltern?", fragte ich.

Etwas veränderte sich in Ahrens Augen, verschwand aber wieder so schnell, wie es gekommen war. „Es gibt keine Neuigkeiten bezüglich deiner Eltern. Wir haben gesucht." Die Ecke seines Auges zuckte.

Lügner. Dicker, fetter Lügner.

Ich atmete schnell und konnte die Worte nicht zurückhalten. „Wenn ihr nicht vorhabt, mir die Wahrheit

zu sagen, dann zieht mich nicht mit euren Lügen auf",
entgegnete ich. „Seid ehrlich mit mir."

Beleidige sie nie.

Ahren wurde wütend, seine Nasenflügel zuckten,
während er mich mit enger werdenden Augen ansah.
„Fordere mich nicht heraus", knurrte er und seine Hände
umklammerten seine Armlehnen. „Auf deine Knie."

Angst nahm mir die Luft und sah Luther hilfesuchend
an, doch er saß zurückgelehnt mit neugierigem Gesichtsausdruck in seinem Stuhl und amüsierte sich prächtig.

Ich hätte nichts sagen sollen, wenn ich absolut nichts
zu sagen hatte, aber die Antwort sprudelte einfach so
heraus. „Wie ich deinem Bruder gesagt habe, ihr habt
keine Macht über mich. Ihr versteckt so viel hinter diesen
Lächeln, aber wie mir jemand einmal gesagt hat, haben
wir alle Schatten. Es wäre mir lieber, wenn wir uns an die
Wahrheit halten würden."

Sage nie nein zu den Prinzen.

Ahren sprang auf, sein Gesichtsausdruck war
verzogen und krumm, verdunkelt, aber sein Blick wich
nicht von mir ab. Er kam näher und die Furcht ergriff
mich. Ich stand rasch auf, aber er war zu schnell. Seine
Hand schoss hervor und umklammerte meinen Hals,
drückte zu.

Ich packte seine Hand, zog an seinen Fingern, die mir
die Luft abschnitten. Und Angst... Todesangst, schnürte
mich ein wie in eine Zwangsjacke. Das war echt und
dieser Verrückte würde mich umbringen. Tränen
schossen mir in die Augen.

„Kleines Mädchen, du machst mich wütend", fauchte
er. „Nächstes Mal lernst du, wie du von meinem Balkon
fliegst."

14

*E*in Schrei ertönte irgendwo in der Ferne, hinter den Wänden meines Schlafzimmers.

Ich zitterte. Dieses schreckliche Geräusch erklang immer wieder in der letzten Stunde, schenkte mir Bilder, wie die Prinzen jemanden folterten... Bilder, wie ich die Nächste sein könnte.

Ich lief hin und her zwischen der verschlossenen Tür und dem gemütlichen Bett, in dem ich heute Morgen aufgewacht war. Die Bediensteten hatten mich auf Ahrens aufgebrachten Befehl hin hier eingesperrt, während ihnen die Angst um ihre eigene Sicherheit, ins Gesicht geschrieben stand. Aber ich wurde ja gewarnt, und hatte nicht darauf gehört. Dumm.

Das führte nicht dazu, dass ich sie weniger hasste. Ich hasste sie alle, mehr als alles andere. Ich betete, dass ich aus diesem schrecklichen Traum aufwachen würde. Ich hatte genug von dieser imaginären Welt.

Aber die Sorge, die an meinem Magen zupfte, sagte mir etwas anderes. Ich schüttelte meinen Kopf, weigerte

mich zu glauben, dass dies echt war. Es konnte nicht
sein...

Vor meinem inneren Auge brannten Bilder von Noah,
wie er mir in seinem Auto wehtat, drängte und drängte. Er
dachte, er könnte sich was auch immer er wollte bei mir
holen.

Finger, die an meinem Pullover zerrten.

Lippen, die sich auf meinen Mund pressten.

Hör auf, Noah!

Aber das tat er nicht... hat nie auf mich gehört.

Ich legte die Arme um mich, versuchte die Erinnerungen zu verdrängen.

Erinnerungen, die Narben auf meiner Seele waren,
tief und schmerzhaft, hasserfüllte Dinge, die mich daran
erinnerten, wie alleine ich mich in dieser Welt fühlte.

Ich hatte Luther angefleht, mich aus diesem Leben zu
holen... genau wie er es versprochen hatte, zu tun, aber
was, wenn diese Welt, in die er mich gebracht hatte,
keinen Deut besser war?

So lange schon habe ich von einer Fantasiewelt
geträumt und mich gewundert, was sich hinter meinen
Träumen verbargt... auf der Suche nach einem Ausweg.
Aber jetzt war alles, woran ich denken konnte, Zuhause.
Jen zu hören, wie sie mich herumkommandierte, Oliver,
der dummes Zeug redete, und Luke, der die Stimme der
Vernunft beim Abendessen war. Die Schule fehlte mir
nicht, besonders nach meiner letzten Begegnung mit
Noah. Diese Idioten konnten nie etwas auf sich beruhen
lassen. Mein Verstand begann in die Dunkelheit abzu-
driften, aber ich verdrängte diese Gefühle und
marschierte zurück zu dem kleinen Fenster.

Mir fehlte Antonio nicht und mit Sicherheit wollte ich
Sabrina nie wieder sehen.

Ich war gerade einmal einen Tag hier, aber es fühlte sich wie eine Woche an.

Ich war das Mädchen, das dazugehören wollte.

Normal sein wollte. Akzeptiert werden wollte.

Ich war das Mädchen, das verstehen wollte, wer sie war. Woher ich kam.

Ich war das Mädchen, das sich nichts sehnlicher wünschte, als ihre richtigen Eltern zu finden.

Das zerbrochene Mädchen.

Ahren hatte gesagt, dass sie nach meinen Eltern gesucht hatten. Ich glaubte ihm nicht, aber er hatte in der Tat zugegeben, dass ich hierher gehörte.

Stunden vergangen.

Ich war es leid hin und her zu laufen, also verschlief ich die meiste Zeit des Tages und währenddessen musste jemand ins Zimmer gekommen sein, um mir meinen Schlafanzug mit den lachenden Monden zu bringen, frisch gewaschen lag er auf meinem Bett.

Die Sonne war schon lange hinter den Bergen untergegangen und eine einsame Feuerkugel flackerte in der Ecke des Zimmers, von der Decke hängend warf sie ihre Schatten. Ich tappte zum Fenster, durch das der Wind strömte, der die Spitzenvorhänge unruhig tanzen ließ und meine Haut auskühlte.

Draußen vor meinem Fenster ging es etwa fünfzehn Meter nach unten ins Waldgebiet. Mein Magen drehte sich mir um, ich würde niemals rauskommen. Der Wald erstreckte sich auf jeder Seite des schwarzen Steingebäudes, es war sonst nichts zu sehen. Auch wenn ich meine Bettlaken zusammenknotete, sie würden niemals bis ganz nach unten reichen. Unruhe und Panik stieg in mir auf, ich würde sterben, wenn ich in diesem Zimmer eingesperrt blieb.

Bist du verletzt? Luthers Stimme erschreckte mich. Ich wirbelte herum zum Zimmer, rechnete damit, ihn dort vorzufinden und mein Innerstes verkrampft voller Vorfreude... doch es betrog mich, als ich merkte, dass ich alleine war und seine Stimme nur in meinem Kopf war.

Bist du sauer?

Instinktiv fasste ich mir an die Stelle an meinem Hals, an der sein Bruder mich gewürgt hatte. „Ein wenig."

Ein wenig verletzt oder ein wenig sauer?

„Beides."

Mein Bruder ist ein Hitzkopf, aber er würde dich niemals in Lebensgefahr bringen.

„Da hätte er mich fast getäuscht. Er hat gedroht, mich über den Balkon zu werfen." Meine Stimme hob sich, mein Atem wurde schneller, mehr als er es hätte sollen.

Du warst auf Konfrontation aus...

Ich wurde zornig, mein Mund stand wegen seiner Anmerkung offen, aber ich schloss ihn wieder, denn es war ja nicht so, als ob er hier mit mir im Zimmer wäre. „Machst du Scherze?"

Dies ist nicht dein Königreich, kleiner Wolf. Hier kann es dich das Leben kosten, wenn du etwas Falsches sagst. In seiner Stimme schwang nahezu ein wenig Sorge mit, als fürchtete er den Ärger, den ich bekommen würde, wenn ich nicht über die Dinge nachdachte.

„Nun, ich habe die Geheimnisse satt. Wieso sagst du mir nicht wer ich bin und wo meine Eltern sind?"

Es wurde still. Wenigstens besaß er so viel Anstand, mich nicht anzulügen wie Ahren, aber war er besser, indem er mich ignorierte?

Jede Geschichte hat zwei Seiten.

„Ich bekomme das Gefühl, dass ich in beiden Geschichten die Dumme bin."

Warum würdest du das denken?

Ich zuckte mit den Schultern und ließ mich auf die harte Matratze fallen. „Weil bei meiner Erfolgsgeschichte die Dinge nie gut ausgehen."

Ich habe eine Überraschung für dich.

„Ja, und was wäre das?"

Das wirst du schon bald sehen.

„Bald, wie in *heute Abend*?"

Er lachte, der Klag war so süß wie Honig, er durchbrach meine Schutzwälle und erinnerte mich an die Zeiten, in denen wir uns stundenlang über Gott und die Welt unterhalten hatten.

Vermisst du mich schon?

Übermut lag in seinen Worten und im Gegensatz zu den vorherigen Malen, als wir uns unterhielten, stellte ich mir nun sein teuflisches Grinsen vor, wie die bernsteinfarbenen Augen aufleuchteten und die vollen Lippen, von denen ich kosten wollte. Mich überkam so schnell eine Hitze, dass ich mich auf meinen Rücken zurückfallen ließ und ein Kissen umarmte.

Ich war ein wandelnder Widerspruch, aber Luther war so lange ein Teil von mir gewesen. Ohne ihn... war ich mir nicht sicher, was übrig blieb. Einsamkeit?

„Ich habe nichts darüber gesagt, dass ich dich vermissen würde. Ich bin nur neugierig auf diese Überraschung."

Versprochen, das Warten wird sich lohnen.

„Ich nehme dich beim Wort."

Stille.

„Warum bin ich in meinem Zimmer eingesperrt?" Und warum war er nicht persönlich gekommen, um mit mir zu sprechen, anstatt dies in meinem Verstand zu tun? Die Worte schwirrten in meinem Kopf herum aber ich konnte

sie nicht laut aussprechen, noch immer hin und her gerissen
zwischen wütend auf ihn zu sein und mich zu fragen, ob es
ein Traum war. Oder erlebte ich einfach die größte
Verblendung mit einem ausgedachten Kerl in meinem
Kopf? Letzteres bereitete mir Sorgen... *verängstigte* mich.
Dazu kam noch, er hatte zwei dämliche Brüder, denen ich
ins Gesicht schlagen und sie zur gleichen Zeit küssen wollte.
Ich war absolut und vollkommen zerbrochen.

*Zu deiner eigenen Sicherheit, falls jemand außerhalb des
Palasts herausfindet, dass du hier bist.*

Da ich beinahe zu viel Angst hatte zu fragen, flüsterte
ich die Worte. „Wer würde mir wehtun wollen?"

*Es ist kompliziert. Ich werde es dir bald erzählen,
versprochen. Du musst mir vertrauen.*

Vertrauten war eins der Wörter, denen Dornen
wuchsen und die nach Blut dürsteten, wenn du am wenigstens damit rechnetest.

„Es ist komisch, weißt du", begann ich. „So mit dir zu
reden fühlt sich an, als gäbe es nur uns beide auf der Welt
und als ob ich alles sagen könnte. Zur Hölle, du hast mich
erlebt, als ich ganz unten war."

Aber?

„Aber... Wenn du vor mir stehst?" Ich verzog die
Mundwinkel beim Versuch, die richtigen Worte zu finden;
ein Teil von mir war in Sorge, dass ich mich auf eine
gefährliche Reise begab. Kannte ich ihn wirklich, obwohl
ich seit Jahren mit ihm redete, alle meine Ängste und
Sorgen mit ihm teile? „Es fühlt sich nicht wie du an",
hauchte ich.

Du denkst, ich bin eine andere Person?

„Nein, nicht so." Ich drehte mich auf den Bauch und
schwang auf dem Bett mit meinen Füßen hoch und

runter. „Es mehr so, als ob ich Probleme habe, die richtigen Worte zu finden. Du..." Eingeschüchtertes Etwas. Er war so verdammt heiß, dass wenn ich Unterwäsche getragen hätte, sie unter mir zerflossen wäre. Ich fantasierte darüber, seine Hände und seine Lippen auf mir zu spüren.

Er sagte nichts mehr und mein Herz blieb stehen.

„Kannst du meine Gedanken hören, auch wenn ich sie nicht laut ausspreche?" Ich hatte ein berauschendes Gefühl über das, was er insgeheim über meine innigsten Sehnsüchte wusste.

Möchtest du das?

„Zur Hölle nein!" Meine Wangen waren feuerrot. „Ich weiß ja noch nicht einmal, wie das funktioniert."

Es ist eine Verbindung, die ich geschaffen habe. Ich kann mich nicht in deine Gedanken einklinken, wenn du die Tür nicht öffnest und mich hereinlässt.

„Ja, es ist besser, wenn wir es so beibehalten." Mein Mund fühlte sich trocken an und ich leckte mir über die Lippen. Wenn er alle meine Gedanken gehört hätte, würde ich sterben, davon war ich überzeugt.

Aber ich kann Teile der Emotionen spüren, wenn wir verbunden sind. Wie jetzt, ich bin so geil... Ich weiß, du willst mich, dass du—

„Hör auf. Nein." Oh mein Gott, ich wollte in ein Loch fallen und verschwinden. Vielleicht konnte ich meine Worte in Zaum halten, meine Emotionen aber... sie waren unkontrollierbare Bestien.

Ich meinte wirklich, was ich heute gesagt habe.

Seine Stimme glitt wie zarte Finger über meine Haut und ich musste nicht nachfragen—ich wusste genau, von welchem Moment er sprach. Seine Worte ertönten in meinem Kopf: *„Ich wollte dich gegen die Wand drücken, mit geöffneten Beinen."*

Diese Worte quälten mich, ließen mich mit so vielen Gedanken alleine. Nie hätte ich erwartet, solche Dinge zu verspüren, nie hätte ich von ihm erwartet, genauso wie ich zu reagieren.

Bis jetzt... bis Luther mir Hoffnung schenkte.

Oder war es nur ein weiterer gemeiner Scherz? Ich hatte den Eindruck bekommen, dass die drei Brüder gerne Spielchen spielten.

Habe ich dich in Verlegenheit gebracht?

„Nein." Mein zwanghaftes Lachen ließ mich erschaudern, wie falsch ich klang, aber seine Frage stellte mich weitaus bloßer, als wenn er mir diese Gedanken zugeflüstert hatte. Ich war wie ein offenes Buch für ihn, ohne irgendeinen Anschein zu erwecken, wie also konnte ich jemand anderes als ich sein, selbst bei jemandem, der jede Emotion spüren konnte, die ich hatte?

Ich lasse dich jetzt schlafen, kleiner Wolf.

„Gute Nacht."

Ich rollte mich in meinem Bett zusammen, umklammerte mein Kissen und verabscheute das Kitzeln in meinem Bauch, dafür, dass ich dachte, Luther würde mir nicht wehtun. Ich schloss meine Augen. *Bitte lass mich zuhause aufwachen. Bitte.*

„Guen!", rief Jen von der anderen Seite des Wohnzimmers. „Was hast du dir dabei gedacht?" Ich stand einfach nur da, zurück zuhause, starrte sie an, sah Oliver an, der ein Spiel auf dem Fernseher spielte und Luke, der in der Küche war und kochte. Und ich wusste, dass dies nicht real war. Ich wusste immer, wenn ich träumte... Ich war dort, aber nicht wirklich.

„Hörst du mir überhaupt zu?", schimpfte sie, Wut umgab ihre Gesichtszüge.

„Was?", murmelte ich und fuhr mir mit der Hand durchs Haar. Meine Finger verfingen sich in dem metallischen Stirnband und ich zog es mir von der Stirn. Warum trug ich das noch? Ich strich mit dem Daumen über die goldene Kette aus Sternen.

„Wir müssen für all die Beschädigungen an Noahs Auto bezahlen!"

Ihre Worte rissen meine Aufmerksamkeit auf sie und ich riss meinen Kopf hoch. „Ich habe sein verfluchtes Auto nicht kaputt gemacht."

Sie stürmte durch das Zimmer und riss eine Schublade in der Küche auf, zog etwas heraus, doch ich fühlte mich nicht wohl, als wäre ich der Eindringling in diesem Haus... in diesem Leben. Als wäre ich die ganze Zeit eine Betrügerin gewesen, die vorgab, hier hinein zu passen, es aber nie konnte, ganz egal, wie sehr ich es versuchte.

„Warum war das dann unter deinem Bett?" Sie zeigte mir den gläsernen Schaltknauf aus Noahs Auto.

Mein Herz zog sich zusammen. „Hast du mein Zimmer durchsucht?"

„Es ist nicht mehr dein Zimmer", entgegnete sie schnippisch mit zitternder Stimme. „Du ziehst in den Keller, Evelyn wird jetzt in deinem Zimmer bleiben. Und du wirst Noahs Vater jeden Cent von dem Geld, das du bei deinem Nebenjob verdienst, zurückzahlen."

„Nein, das wird ewig dauern. Ich habe nichts mit

seinem Auto angestellt." Sogar in meinem Traum war dieser Kerl ein Arschloch.

„Guen." Sie hörte nicht auf mit dem Kopf zu schütteln, ihre Missbilligung schmerzte wie eine scharfe Klinge.

Wut ließ mich meine Hände zu Fäusten ballen, die goldenen Sterne des Stirnbands bohrten sich in meine Handflächen, verletzten die Haut. Ich hatte genug davon, dass jeder mir die Schuld gab und dachte, dass ich alles falsch machte. Die unaufhörlichen Anschuldigungen schmerzten und schürten das Feuer in mir.

Stopp.

Atme.

Aber mein Gehirn weigerte sich innezuhalten.

„Du willst die Wahrheit wissen?", rief ich, meine Worte waren zittrig. „Ich habe versucht mein Auto zurückzubekommen, weil Noah gesagt hatte, dass er mir helfen würde. Stattdessen hat er versucht mich zu vergewaltigen." Die Wörter und Tränen strömten aus mir hinaus, die Welt um mich herum brach zusammen.

Ich blinzelte, damit die Tränen verschwanden, aber die Dunkelheit kam bereits, um mich zu holen und während ich Jens Worte nicht hören konnte, brach ihr verängstigtes Gesicht mir das Herz. Aber mir war bewusst, dass dies ein Traum mit Jen war, er fühlte sich verschwommen in meinem Kopf an wie die Träume über die verschlungenen Wälder, die ich in der Vergangenheit hatte. Und binnen Sekunden versank meine Welt in der Dunkelheit.

*M*eine Augen öffneten sich unter einer perfekten weißen Decke mit sorgfältig ausgearbeitetem Stuck in den Ecken. Ich bewegte mich nicht, atmete nicht, tat nicht eine verdammte Sache.

Ich war wieder in der Feenwelt aufgewacht und mein Innerstes wurde schwer.

Mein Kopf aber war zuhause geblieben... fokussiert auf den Schmerz, den ich in Jens Augen gesehen hatte. Der Schmerz in meiner Brust vertiefte sich und Tränen flossen über meine Wangen.

Ich hätte es ihr nicht erzählen sollen. Und das würde ich auch nicht tun, wenn ich endlich von diesem Ort nach Hause zurückgekehrt war. Sie sollte besser glauben, dass ich ein Auto geschrottet hatte, als dass ich die Qualen wegen dem, was Noah getan hatte, in ihrem Gesicht sehen musste. Sie sollte wegen mir nicht leiden—das wollte ich ihr nicht antun. Ich hob meine Hände und sah, dass ich keine Schnitte in meinen Handflächen hatte und dass das goldene Stirnband auf dem Nachttisch lag. Nur ein Traum. Ein verdammt dummer Traum.

Als ich endlich meine Beine über die Bettkante schwang, fiel ein Stück Papier mit mir aus dem Bett.

Ich hob es vom Fußboden auf, faltete es auf und ging zum Fenster, wo das Licht besser war.

Verlasse diesen Ort. Renne weg, bevor es zu spät ist für dich.

Ich starrte die Wörter an bevor ich die Notiz umdrehte, aber keine weitere Nachricht auf der Rückseite fand. Je länger ich die Warnung ansah, desto öfter lief es mir kalt den Rücken hinunter.

Im anderen Zimmer ertönten Schritt und ich erschreckte, meine Hände wurden ungeschickt, als mir in diesem Moment der Wind das Papier aus der Hand riss, ich noch versuchte es zu fangen, aber es war weg, wehte nach draußen.

Es wurde mir angst und bange, ich war unsicher, was ich von dieser Nachricht halten sollte. Wohin sollte ich überhaupt rennen? Waren die Wälder sicherer als dieser Palast?

Also wand ich mich der Tür zu, zog an der Türklinke und sie öffnete sich.

„Hallo?" Ich lugte in das anliegende Zimmer, in dem ich nur ein Kleid sah, dass auf der Rückenlehne des Sofas drapiert war. Eine Platte mit Essen stand auf dem kleinen Tisch neben dem Sofa. Haferschleim und Honig, Brot, Marmeladen und Obst. Mir lief das Wasser im Mund zusammen.

Ich sammelte das dunkelrote Kleid ein und kehrte in mein Schlafzimmer zurück, um mich umzuziehen, bevor sie mich wieder zwangen, ein Bad zu nehmen. Ein enganliegendes Mieder mit Spitzenärmeln, die von den Schultern bis zu den Handgelenken reichten und einem geraden Rock bis zu meinen Knöcheln hinunter. Es saß lockerer als das letzte Kleid mit nur einer Lage Stoff. Kein Anzeichen von Unterwäsche und ich seufzte. Aber ich fand schwarze Slipper nahe der Tür.

Schritte erklangen im anderen Zimmer und ich eilte dorthin, erwartete Luther.

Das brünette Dienstmädchen stellte eine Kanne Tee und eine Tasse auf den Tisch. Viper hüpfte auch ins Zimmer, steuerte auf das Fenster zu und beobachtete die Falken, die vorbei flogen.

„Guten Morgen, Herri—meine Dame." Ihre Augen leuchteten, als sie sah, dass ich angezogen war. „Die Farbe passt zu deinem blondem Haar. Komm iss etwas und ich frisiere dich."

Ich wollte sie nach dem Brief fragen, ob sie es war, die sie dort hingelegt hatte, aber die rothaarige Dame walzte ins Zimmer, als wäre sie auf einer Mission. Ihre Lippen bildeten eine verbissene Linie, sie marschierte in mein Zimmer, wahrscheinlich um aufzuräumen. Hatte sie die Nachricht hinterlassen?

„Wie heißt du?", fragte ich und schämte mich, dass ich nicht schon früher gefragt hatte.

„Dana, meine Dame. Livy hilft mir, auch wenn sie meistens schlecht gelaunt ist." Das Lächeln auf ihren Lippen verriet mir, dass die Frauen sich nahe standen.

„Du kannst mich ‚Guen' nennen. Also, was steht heute auf dem Plan?" Ich ließ mich auf das Sofa fallen, mein Magen knurrte vor Hunger und nahm mir die Schüssel mit dem Haferschleim und dem Löffel.

„Plan?", fragte sie.

„Was soll ich heute machen?" Ich steckte mir einen Löffel voll in den Mund, der cremige Haferschleim mit Zimt und Apfel zerlief auf meiner Zunge. Er war zum Sterben gut.

„Die Prinzen haben den Hof für ein paar Tage verlassen. Bis dahin sind wir angewiesen, dass du in deiner Kammer bleibst."

Mir fiel der Löffel in meine Schüssel mit dem Haferschleim. „Für ein paar Tage? Ich wollte mir den Palast anschauen." Mehr über meine Vergangenheit, meine Eltern herausfinden—mich irgendwie an den Gedanken gewöhnen, dass dies hier Wirklichkeit sein konnte.

„Das steht außer Frage." Dana schob sich hinter das Sofa und nahm meine Haare unsanft in ihre Hände bevor sie es mir aus dem Gesicht zog. „Wir werden dir Unterhaltung bringen, um dich zu beschäftigen. Heute Morgen wirst du die Kunst der Gobelinstickerei erlernen und später dann, wie man eine Harfe spielt."

Ich verdrehte die Augen und erinnerte mich an Luthers Worte, dass man mir wehtun wollte, wenn man erfuhr, wo ich war. Warum also warnte mich jemand, damit ich den Palast verließ?

eine Füße stolperten über den Waldbogen, Blätter knisterten und verfingen sich am Saum eines Kleids.

„Ich habe dich den ganzen Tag vermisst", raunte Luther, seine Stimme war seidig und verführerisch.

In der Dunkelheit der Nacht konnte ich seine dunkle Kleidung kaum von seinen Haaren unterscheiden, seine bernsteinfarbenen Augen jedoch hatten ein Funkeln in sich.

„Hey, warte", rief ich, während er rückwärts lief, schelmisch lächelte und seine Hand zu mir ausstreckte.

„Beeile dich, kleiner Wolf."

Ich streckte einen Arm aus, meine Finger ergriffen seine. Er hielt sie fest und zog mich näher.

„Du musst dich schneller bewegen. Niemand darf erfahren, dass wir hier draußen sind", flüsterte er mit einem verbotenen Unterton, der mich verrückt machte. Es fühlte sich an, als würden wir vor unserem Anstandswauwau wegrennen, um uns das erste Mal zu küssen. Wenn es doch nur so wäre.

Ich blickte über meine Schulter zurück auf die Lichter des Palasts, die durch die Bäume schimmerten: die Gewaltigkeit des Gebäudes, die brennenden Fackeln, die die Tür der Bediensteten zum Gebäude markierten, durch die wir uns hinausgeschlichen hatten.

„Warum hast du nicht in deinen Gedanken nach mir gerufen, als wir weg waren?" Ich drückte mich an ihn, als wir über einen umgefallenen Baumstamm stiegen, seine Hand verschränkte sich mit meiner. „Ich musste drei vollkommen langweilige Tage überleben, Harfenspielen und Gobelinsticken über mich ergehen lassen. Gott, ich war an dem Punkt, wo ich mir am liebsten entweder mit den Nadeln ein Auge ausgestochen oder mich mit den Saiten der Harfe stranguliert hätte."

Er lachte. „Wir waren mit Vater unterwegs. Andere in meiner näheren Umgebung können es manchmal spüren, wenn ich meine Kräfte benutze. Das konnte ich nicht riskieren."

„Riskieren, dass sie mich finden?" Ich verkrampfte, da ich darüber, was hier vor sich ging, immer noch im Dunkeln gehalten wurde.

Er nickte. „Vater hat mir verboten meine Fähigkeit zu nutzen."

„Du bist also der Rebell der Familie", ärgerte ich ihn.

Er führte meine Hand zu seinen Lippen, küsste meine Fingerknöchel schnell, während wir liefen. „Wenn du nur wüsstest, kleiner Wolf."

So viele Fragen drehten sich in meinem Kopf und ich war durcheinander wegen meiner Gefühle für Luther. In dieser Welt festzusitzen... oder „Königreich", wie er und seine Brüder es nannten. Und mit jedem Tag, der verging, wuchs die Wahrheit in mir, dass es vielleicht hier war, wo ich hingehörte. Dass dies ein wirklicher Ort war und ich hier festsaß.

Das führte nur zu weiteren Fragen, wie, warum hatten meine Eltern mich in den Wäldern nahe einem Krankenhaus ausgesetzt? Was stimmte nicht mit mir? War ich wirklich eine Fee? Ich hatte keine Ahnung, was es wirklich bedeutete, eine Fee zu sein, aber es konnte meine Träume erklären, die Anfälle, die ich verspürte, seit ich hier angekommen war... der Grund, warum ich aus Noahs Auto und direkt in mein Bett gefallen war.

„Bist du für deine Überraschung bereit?", neckte er mich.

„Was ist es?", quietschte ich.

Etwas war anders am ihm heute Nacht. Er lächelte viel zu viel, seine Berührung wärmte meinen Körper, und warum war er so aufgeregt? Ich sehnte mich danach, mich mit ihm hinzusetzen und einfach über uns zu reden, mehr über ihn zu erfahren, aber als er voller Aufregung in mein Zimmer gestürmt war und darauf bestand, dass wir sofort gehen müssten, war seine Heiterkeit wie ein Fieber, dass mich einhüllte. Reden konnte warten, nahm ich an.

„Du wirst schon sehen", sagte er, sein Grinsen war fesselnd und wir rannten durch die Wälder. Mit ihm hatte ich keine Angst. Vielleicht hätte ich die aber haben sollen, jedoch nicht heute Nacht.

Als er endlich anhielt, standen wir vor einer großen, quadratischen Holzplattform mit einem Geländer auf drei Seiten. Sie war groß genug für zwei oder drei Leute darauf.

„Was ist das?" Ich atmete schwer, während er sich kaum angestrengt hatte.

Er schritt hinein und leitete mich, ihm zu folgen. „Willkommen in meinem Riesenrad."

Ich sah ihn skeptisch an, innerlich aber schlug ich Purzelbäume vor Freude, dass er sich nicht bloß daran erinnerte hatte, dass wir darüber gesprochen hatten, sondern dass er sogar eins gebaut hatte? Es sah ganz und gar nicht wie die zuhause aus, denn es war nur eine einfache Plattform von der ich annahm, dass sie uns nach oben bringen würde. Aber er hatte ja nie eines gesehen und hat sein Bauwerk auf meiner Beschreibung basiert, also war ich aufgeregt zu sehen, was er gebaut hatte. Mein Magen überschlug sich förmlich bei dem Gedanken daran, dass er dies für mich getan hatte.

„Ich weiß nicht, was ich sagen soll." Ich stieg auf die Plattform. Nichts ähnelte hier dem Riesenrad von zuhause, aber ich war bereit, seine Version auszuprobieren.

„Das wäre ja mal etwas Neues." Seine Hand suchte sich ihren Weg zu meinem Kreuz, zog mich näher zu sich und ich ließ mich gegen ihn fallen. „Jetzt halte dich fest."

Er war jetzt so nah, ich spürte seine harten Muskeln in seiner Brust, roch seinen Atem. Honig und Blaubären und so maskulin. Er zog fest an einem Seil mit der einen Hand und eine Sekunde später erhob sich unsere Plattform abrupt und schoss nach oben. Ein schwirrendes Geräusch klang nach Tauen, die über ein Metallrad liefen.

Mein Magen sank mir in die Knie. Ich zitterte, klammerte mich an ihn, meine Hände zogen sein Hemd nach oben, während ich mich an ihn quetschte.

Er lachte, als sich der Wind an uns schmiegte, seine große Hand hielt mich fest, die andere umklammerte das Holzgeländer. Wir hätten durch den Himmel fliegen können, so schnell fuhren wir, glitten nach oben neben erhabenen Kiefern und ihr Duft schwebte in der Brise.

„Gefällt dir mein Riesenrad?", fragte er, seine Stimme verlor sich im Luftstrom.

Ich hielt mich fest, als würde es um mein Leben gehen, die Hitze seines Körpers haftete an mir. „Es ist fantastisch."

Wind pfiff durch meine Haare, wehte sie mir ins Gesicht, bis wir plötzlich anhielten.

Ich blickte über die Baumkronen der Kiefern, die sich in alle Richtungen erstreckten. Der abnehmende Mond hing wie ein Vikingerhorn im Himmel und tauchte den Wald in silbernes Licht. „Wow, es gibt Leute, die bezahlen für diese Aussicht."

„Drehe dich um."

Während ich mich an dem Geländer festklammerte, drehte ich mich auf der Stelle um, die Plattform wackelte ein wenig und mein Herz pochte wie wild.

Aber ich vergaß das alles, als ich meinen Blick hob. Es war bezaubernd.

Ein majestätisches Schloss saß auf den naheliegenden Berg, als ob es aus einem Märchen heraufbeschwört worden war. Ich schnappte laut nach Luft, was Luther zu einem amüsierten Lachen verleitete.

„Heilige Scheiße an einem Stock, es ist ein richtiges, echtes Schloss", murmelte ich. Unerschütterliche Steinwände, Türme, Mondlicht, welches auf seine stolzen Erker schien, dunkle Fenster wie Schlitze in den dicken Wänden, Flaggen, die im Wind flatterten. Runde Lichter, die überall waren, erweckten diese spektakuläre Festung zum Leben. Bäume, die neben den Wänden wuchsen, sahen wie eine Armee aus, die zur Verteidigung bereit war.

Ich blickte auf den Palast, von dem wir gekommen

waren, weiter zu meiner Rechten. Ich dachte, dass er der vollkommenste Ort war, den ich je gesehen hatte, aber ich lag so falsch. „Dieses Schloss ist der Wahnsinn."

„Dort leben meine Eltern." Luther lehnte sich hinter mich, seine feste Brust gegen meinen Rücken, seine Armen griffen nach dem Geländer rechts und links von mir, und ich konnte nicht mehr klar denken. Weg waren die Fragen, die ich mir selbst versprochen hatte, ihn zu fragen.

Alles was blieb war die Hitze, die sein Körper abgab, seine schnellerwerdenden Atemzüge, die durch mein Haar strichen und ich wusste, was kommen würde. Ich wollte ihn, ich *brauchte* es, seit er das erste Mal in meinem Kopf war und mich zu Tode erschreckt hatte. Aber dies hier war inniger. Wir brannten nicht nur vor Verlangen – es war so viel mehr. Nach heute Nacht würde er mehr tun, als mich nur als Geisel zu halten. Mein Herz würde zerspringen. Er hätte dann auch mein Herz. Ich war nicht leichtsinnig genug, um die Wahrheit zu vergessen, dass, auch wenn ich aus dieser Welt stammte, er immer noch ein Prinz war. Ich... wer wusste das schon? Aber dieser Moment war seit Jahren geplant und ich wollte ihn nicht ruinieren. Konnte ihn nicht ruinieren.

„Es ist friedvoll hier oben, weg von allem und jedem", flüsterte er mir ins Ohr und verursachte damit eine Gänsehaut voller Vergnügen entlang meines Rückens. Seine Hand wanderte zu meinem Unterkiefer, seine Finger waren weich und so warm. Er drehte meinen Kopf nach hinten und sah zu mir herab, das Mondlicht erleuchtete sein Gesicht.

Wie konnte ich vergessen haben, dass die Farbe seiner Augen mit den äußeren Ringen seiner Regenbogenhäute ein dunkles Bernsteingelb war? Ich betrachtete seine definierten Wangenknochen, seinen kantigen Unterkiefer, seine vollen Lippen, die aus meinem Blickwinkel leicht schief aussahen.

„Ich habe ein Geschenk für dich", sagte er.

„Wirklich?" Ich drückte meinen Rücken gegen seine Brust und er legte seine Arme um meine Schultern und hielt mich ganz fest.

„Erinnerst du dich, dass ich dir Rache, für das, was Noah dir angetan hat, versprochen habe?"

Sorgen breiteten sich in meine Gedanken aus, was ein Geschenk und Rache nehmen gemeinsam hatten. „Was hast du getan?"

„Nicht genug, aber aus diesem Königreich heraus, war es das nächstbeste, was ich ihm dafür antun konnte, dich berührt zu haben und dafür zu sorgen, dass er es bereuen wird."

Ich zwinkerte fest und drehte mich in seinen Armen um, damit ich ihn anschauen konnte. „Ich habe Angst zu fragen."

Seine Mundwinkel zuckten, als ob er ein Grinsen unterdrückte. „Ich habe seine Träume mit einem kleinen Zauber belegt. Wann immer er schläft, wird er träumen brutal ermordet zu werden. Er wird jeden Schmerz, jede Angst und jeden Moment wahrnehmen, als wäre es echt. Jede Nacht wird ihn ein anderes Mädchen, dem er wehgetan hat, besuchen." Sein schelmisches Lächeln öffnete seine Lippen. „Es wird ihn langsam in den Wahnsinn treiben."

So sah ich ihn an und war mir nicht sicher, wie ich mich fühlen sollte. Ich verabscheute die Idee nicht, denn dieser Trottel verdiente noch viel Schlimmeres, aber es zeigte mir auch, wie Luther seine Grausamkeit genoss.

„Gefällt es dir nicht?" Sorge zeichnete sich auf seinem

Nasenrücken ab. „Ich könnte noch etwas Schlimmeres
arrangieren."

„Nein. Es ist sogar recht kreativ und clever."

„Genau." Das Mondlicht erleuchtete die Seite seines
Gesichts. Mit meinem Rücken an das Geländer gedrückt
sah ich hoch und seine Hände legten sich um mein
Gesicht.

„Du verdienst so viel mehr, als das Leben, das du
gelebt hast. All jene, die dir wehgetan haben, hatten keine
Ahnung, wer du bist."

„Ich wünschte, *ich* wüsste, wer ich bin."

Langsam und lieblich strich er mir mit seinem
Daumen über meine Unterlippe. „Das wirst du, sobald
meine Brüder und ich eine Lösung finden."

„Lösung?" Er stellte es dar, als wäre ich ein Problem.

Er presste seinen Daumennagel auf meine Lippe, was
einen scharfen Schmerz hervorrief, aber ich machte
keinen Mucks. Nicht wenn ich darum rang, meine
irreführenden Emotionen und die aufsteigende Hitze
zwischen meinen Beinen zu beherrschen.

Ich öffnete meine Lippen, streckte meine Zunge
heraus und umspielte mit ihr die Kuppe seines Daumens.
Die bernsteinfarbenen Ränder seiner Augen blitzen wie
Flammen auf und ich verwöhnte ihn, sog ihn in meinen
Mund, Stück für Stück. Lippen schlossen sich um ihn, ich
schloss meine Augen und schmeckte seine Salzigkeit,
während meine Zunge gegen seinen Daumen drückte
und ich genoss, wie sein Atem stockte.

„Sieh mich an." Seine Stimme war rau und leiden-
schaftlich.

Meine Augenlider öffneten sich und ich blickte in
seine berauschenden Augen.

Erregung bildete sich hinter seinem intensiven Blick und ich drückte meine Oberschenkel zusammen. Ich mochte diesen Gesichtsausdruck, den Gedanken, dass ich ihn kontrollierte.

Elektrizität tänzelte über meine Haut und er zog mit einem schnalzenden Geräusch seinen Daumen aus meinem Mund.

Er lehnte sich nach vorne, vergrub sein Gesicht in meinen Haaren und atmete mich ein. „Meins", murmelte er.

Seine Lippen schlossen sich um meine und die Lust durchflutete mich. Ein verzweifelter Schmerz schoss durch mich durch, mein Gehirn sprühte Funken. Ich öffnete meinen Mund und stöhnte, als er seine Zunge hineinschob, die mit meiner kämpfte.

Ich vergrub meine Hände in seinen langen Haaren, zog an den Haarwurzeln und atmete schwer.

Dann glitten meine Hände an seinen starken Schultern herab, über die harten Flächen seiner Brust und seines Bauchs. Meine Finger wanderten unter sein Hemd und fanden glühende Haut vor. Er stieß einen Atemzug aus, als ich ihn berührte und zog mich grob näher zu sich heran. Er küsste mich mit solch einer Wildheit, dass ich mich selbst verlor. Es jagte mir Angst ein, wie sehr ich mich treiben ließ, wie sehr ich ihn begehrte.

Ich wollte ihn. Brauchte ihn. So einfach war das, ich musste diesen atemberaubenden Mann haben.

Seine Küsse wanderten über meine Wangen, meine Stirn, zu meinem Ohr und ließen mich erbeben. „Es gibt so viele Geheimnisse, die ich mit dir teilen möchte, mein kleiner Wolf. Geheimnisse, die dich zur mächtigsten Fee im Königreich der Irrfahrten machen werden."

Ich erstarrte und sah zu ihm hoch. Fort war der tödliche Abgrund der Erregung, zu dem er mich gebracht hatte, ersetzt durch Neugier. Es gab so vieles, das ich nicht verstand. „Wovon sprichst du?"

Seine Hände wanderten an meinem Rücken hinab, umschmeichelten meinen Hintern, erfüllten mich mit Hitze, aber sein Blick auf mich verengte sich. „Warum denkst du, kennt dich jeder im Königreich der Irrfahrten?"

„Vielleicht weil—"

Ein durchdringendes Hornsignal drang unten durch die Wälder und mein Herz erstarrte.

Luther wich von mir zurück und blickte über das Geländer nach unten. Sein Gesicht war blass, als er mich ansah, und ich hatte für einen Moment aufgehört zu atmen.

„Wir müssen gehen. Jetzt!", zischte er.

Er griff mit seiner Hand nach dem Tau und goldene Funken entsprangen seiner Berührung. Die Plattform setzte sich unter uns in Bewegung und wir sanken. Mein Magen saß mir im Hals, meine Arme klammerten sich panisch am Geländer fest und der Wind wirbelte meine Haare überall hin.

Luthers Arme umklammerten meine Taille und hielten mich fest. „Ich habe dich. Sobald wir unten sind, rennen wir. Was auch immer du tust, blicke dich nicht um, lasse meine Hand nicht los. Hast du das verstanden?"

Ich nickte und mein Herzschlag galoppierte. „Du machst mir Angst."

„Gut, dann wirst du dich an meine Anweisungen halten." Seine Worte wurden kräftiger.

Die Dunkelheit umhüllte uns, als wir tiefer in die

Wälder eintauchten, und die Angst schäumte in meinen
Venen.

Ich kämpfte mich auf meine Beine, als die Plattform
auf dem Boden aufschlug. Luther schnappte sich meinen
Arm und stürzte sich in den Wald, zog mich hinter sich
her und wir rannten. Er bewegte sich mit solch einer
Schnelligkeit, sodass ich das Gefühl hatte, durch die Luft
zu fliegen, da meine Beine kaum mithalten konnten.

Furcht schnürte mir die Brust zu, zerdrückte meine
Lungen. Ich strengte mich an, um mitzukommen. Gänsehaut bildete sich auf der Rückseite meiner Beine, als ob
uns jemand beobachtete. Wir duckten unter Ästen weg,
hielten nicht an und rannten weiter. Das Adrenalin trieb
mich schneller und schneller voran. Panik schubste mich
wie ein kalter Wild.

Was auch immer du tust, blicke dich nicht um.

Verzweiflung flehte mich an, in die Wälder zu sehen,
zu schauen, was Luther so sehr ängstigte, was jemanden
in Angst und Schrecken versetzte, der so aussah, als
könnte er es mit einem Bären aufnehmen. Aber ich tat es
nicht... Ich brachte es nicht übers Herz nachzugucken,
welche Monster uns jagten.

Die Dunkelheit holte auf und nur die brennenden
Lichter des Herrenhauses in der Ferne riefen uns.

Zweige knackten hinter uns und ein kehliges Knurren
durchbohrte die Nacht.

Gänsehaut bildete sich auf meiner Haut, als Luthers
Griff fester wurde und mich schneller voran zog. Mein
Fuß verfing sich an einer Baumwurzel und ich fiel nach
vorne. Mein Herz rutschte nach unten.

Laut rang ich um Luft, griff nach Luther, der Boden
kam immer näher.

Luther schwenkte herum, schwang seinen freien Arm

unter meinen. Ich stolperte und versuchte, wieder Halt zu finden, mein Instinkt verleitete mich dazu, mich umzudrehen. Das hätte ich nicht tun dürfen.

Ein riesengroßer Schatten auf zwei Beinen preschte aus den Tiefen des Waldes voran, brach Äste ab, seine Füße donnerten auf den Boden. In seinen Augen funkelte das Weiße, eine Wildheit steckte in seiner verwundenen Haltung. Das war kein Biest, sondern ein Irrer, der uns jagte.

Mir kam ein Schrei über die Lippen.

Grunzend zog mich Luther hinter sich her. „Renn, kleiner Wolf, renn", brüllte er.

Der Wind pustete uns entgegen und wir bewegten uns schnell voran.

Wir eilten aus den Wäldern und steuerten auf die schattigen Ecken des Herrenhauses zu.

Ich blickte zu Luther zurück während er versuchte, die Seitentür zu öffnen, den Dienstboteneingang, durch den wir das Gebäude verlassen hatten.

Der Mann, der uns jagte, erschien aus den Wäldern und seine Augen schimmerten im Mondlicht. Seine Kleidung war zerrissen und zerlumpt, er rang nach Atem, sein Brustkorb hob und senkte sich und sein Mund stand von dem angsteinflößenden Knurren offen, das kein Mensch ausstoßen sollte. Er sprang hinter uns her und ich wich zurück, gerade als Luther meinen Arm ergriff und mich hinein zog. Er knallte die Tür zu und verschloss sie mit etlichen Riegeln.

Die Nacht erdrückte die leere Küche. Niemand sonst war hier.

„Schnell, du musst zurück auf dein Zimmer gehen. Dort wirst du in Sicherheit sein." Er ergriff meine Hand

und wir rannten durch die dunkle Küche, als etwas gegen
die Tür hinter uns knallte.

Ich konnte kaum meinen Atem sammeln und es hatte
weniger mit dem endlosen Rennen zu tun. Sondern es
hatte mit all dem zu tun, was auch immer draußen
lauerte.

16

*L*uther!", murmelte ich und die Angst wurde zu etwas anderem... etwas mit scharfen Zähnen und einem brennenden Schmerz. „Geh nicht." Die Dunkelheit meines Schlafzimmers erdrückte mich, quetschte den Atem aus meinen Lungen.

Er schüttelte den Kopf, Furcht verdunkelte seine Augen, in denen zuvor ein intensives Verlangen brannte. Seine Hand löste sich von meiner, die Kälte hüllte mich bereits ein und er eilte zum Türdurchgang.

Ich lief ihm nach, die Angst brannte lichterloh in mir. Wovor rannte er weg? „Wer war das im Wald? Warum hat er uns gejagt?"

„Du bist in Sicherheit hier. Ganz gleich was kommt, verlasse dieses Zimmer niemals mit jemand anderem als mir oder den Dienstmädchen. Hast du mich verstanden?"

„Du machst mir Angst." Kalt lief es mir wieder den Rücken hinunter, da ich mir nicht sicher war, ob ich, falls man mich finden sollte, diese Person aufhalten könnte. Wo könnte ich mich hier drinnen verstecken? Und was meinte er vorhin im Wald, als er sagte, dass ich die mächtigste aller Feen sei? Diese ganze Sache mit eine-Fee-sein ergab noch immer keinen Sinn.

Das vertraute Geräusch von Krallen, die auf den Holzdielen klapperten, kam aus dem Flur und Sir Wolf-A-Lot schlenderte ins Zimmer, direkt an mir vorbei, ohne mich nur eines Blickes zu würdigen.

„Ich muss jetzt gehen." Luther zog sich zurück, blickte über seine Schulter und hatte seine Stirn in Falten gelegt. „Ich muss jetzt gehen."

„Lass Cujo nicht hier mit mir!", keuchte ich und beobachtete das kleine haarige Biest, wie er umher stolzierte, als würde ihm das Zimmer gehören.

Luther schloss die Tür und es blieben nur seine leiser werdenden Schritte zurück.

Der Köter hüpfte auf das Sofa und legte sich auf seinem Bauch hin, machte es sich selbst bequem. Es war, als wüsste er irgendwie, dass es seine Aufgabe war, mich zu beschützen. Während ich mir Sorgen machte, dass ich aufwachen würde, wenn er auf meinem Bein herumkaut, mochte ein Teil von mir doch, dass er mir Gesellschaft leistete. Jemand anderes als nur meine Gedanken.

Flammen knisterten und spuckten im Kamin, warfen Licht in das Wohnzimmer.

Ich stand einen Augenblick da, versank in zu vielen Emotionen. Die verzehrende Hitze, die Luther in mir entzündet hat, die Furcht, dass mich jemand verletzen wollte, der Wunsch, nach Hause zu gehen.

Vor meinem inneren Auge sah ich Jen, die in Panik geraten war, da ich einige Tage fort war, mich als vermisst gemeldet hat und mir wurde vor Schuld schwer ums Herz.

Nur die Geräusche der knisternden Holzscheite und des Hundes, der sich selbst leckte, durchdrungen das spärlich erleuchtete Zimmer. Ich lief zum Fenster und starrte hinunter in die Wälder, die von der Nacht und dem Licht des silbernen Monds erfüllt waren, und versuchte den Ort im Wald zu finden, an den Luther mich gebracht hatte. Meine Suche aber war erfolglos, denn es war einfach zu dunkel.

Ich musste lächeln bei dem Gedanken daran, wie fern ab der Realität sein Riesenrad doch war, aber ich liebte es abgöttisch. Innerlich brannte ich noch immer für ihn, sehnte mich noch danach, ihn die ganze Nacht lang zu küssen, wünschte mir noch, er hätte hier mit mir die Nacht verbracht.

Mein Herz schlug wild und der Geschmack von Luther bedeckte noch meine Zunge, durchzog mich, ich atmete seinen Duft ein. Honigsüß, maskulin und etwas Dunkles. Das alles floss durch mich, fast so als hätte er versucht, sein Brandzeichen auf mir zu hinterlassen, damit ich ihn nie vergessen würde. Aber das war doch verrückt, oder?

„Es scheint, als wären jetzt bloß noch du und ich übrig." Ich schwenkte in Richtung meiner Gesellschaft für diese Nacht, aber er hatte sein Kinn bereits auf seinen ausgestreckten Pfoten abgelegt und die Augen geschlossen.

Also machte ich mich auf in das andere Zimmer und zog den Nachttopf unter meinem Bett hervor. Furchtbar, dass dies meine Toilette war. Dann würde ich schlafen gehen und vielleicht, ja ganz vielleicht, würde ich wieder zuhause aufwachen.

*E*twas federartiges wischte über mein Gesicht. Ich schüttelte den Kopf, meine Nase kribbelte und ich öffnete meine verschlafenen Augen. Auf den ersten Blick hätte ich schwören können, dass ich eine massive Pelzdecke umarmte, als mir aber der Geruch des Hundes in die Nase stieg, schreckte ich hoch, stolperte aus dem Bett und mein Herz hämmerte gegen meinen Brustkorb.

Cujo blieb auf der Matratze liegen, auf der ich Sekunden zuvor noch mit ihm gekuschelt hatte und sah mich angestrengt über seine Schulter hinweg mit diesem Ausdruck in den Augen an, als würde sein Gehirn noch schlafen.

Ich strahlte ihn an.

Er machte ein jammerndes Geräusch und ließ seinen Kopf wieder auf mein Kopfkissen fallen. „Wow, du bist also ein Betthund, und nur damit du es weißt, wenn wir das Bett schon teilen, dann bleibst du auf deiner Seite." Er lag genau in der Mitte.

Die Bodendielen ächzten im Raum nebenan und ich spitzte meine Ohren. Cujo raffte sich auf, trat mein Kissen zur Seite und sprang aus dem Bett, um dann ins Wohnzimmer zu rennen.

„Ich bin es nur, Sir Wolf-A-Lot", antwortete Dana und ich bewegte mich in ihre Richtung, als ich sah wie sie mein Frühstück auf dem kleinen Tisch abstellte.

„Guten Morgen, meine Dame."

„Hallo." Ich rieb mir die Augen, gähnte, roch noch immer nach nassem Hund, Cujo. „Kann ich vielleicht ein Bad nehmen?" Obwohl ich es verabscheute, zu baden, während mir die Dienstmädchen dabei zusahen, musste ich mich dringend waschen.

Sie sah mich an und lächelte. „Aber natürlich. Ich wusste, sie würden es genießen."

Ich mochte sie. Sie begrüßte mich immer mit einem Lächeln und sorgte dafür, dass ich mich wohlfühlte.

Dana verneigte sich, ein Lächeln umspielte ihre Mundwinkel. „Genieße dein Frühstück und ich komme dich in Kürze abholen." Sie machte auf den Fersen kehrt, hielt die weiße Schürze fest, die sie über ihrem dunkelblauen Kleid trug, während sie zur Tür eilte.

„Dana, hast du Luther heute Morgen gesehen?", rief ich ihr nach.

Sie schüttelte den Kopf und drehte sich wieder um. „Noch nicht. Darf ich so dreist sein, zu sagen, was ich denke?"

„Natürlich. Was ist los?"

„Mein Vater, Gott mag seiner Seele gnädig sein, hat mir einmal erzählt, dass es manchmal schwer ist, von seinen Gewohnheiten abzulassen, um eine neue Zukunft begrüßen zu können. Um aber zwischen Monstern überleben zu können, muss man sich auf jede mögliche Art anpassen."

Ich starrte sie an und versuchte zu verstehen, was sie gerade gesagt hatte, überzeugt davon, dass die meisten in dieser Welt in Rätseln sprachen.

Sie wischte ihre Hand an der Schürze ab und ihr Mund wurde schmaler. „Du siehst verwirrt aus, meine Dame."

„Nur ein klitzekleines bisschen."

„Ich weiß, dieser Ort muss dir seltsam erscheinen, aber dies ist ein sehr tödliches Königreich für jemanden, der die Gefahren nicht kennt. Sei bitte einfach vorsichtig, aber akzeptiere dieses Königreich rasch als das deine, bevor es zu spät ist."

„Zu spät?" Als das meine? Das war nicht mein Zuhause.

Sie verneigte sich erneut. „Ich habe zu viel gesagt und ich habe mich schlecht benommen. Ich möchte nur nicht, dass du..." Sie räusperte sich. „Verletzt wirst."

„Danke."

Dana eilte aus dem Zimmer und jetzt war ich um ein Tausendfaches mehr verwirrt.

Und ich wollte unbedingt mit Luther sprechen. Er ließ mich letzte Nacht mit so vielen Fragen zurück. Ganz zu schweigen von der Erinnerung an den göttlichsten Zungenkuss der Welt. Einige Kerle wussten, wie man küsst, andere waren wie tropfende Fontänen und hatten es einfach nicht drauf. Luther hatte mich atemlos gemacht, als könnte ich nicht weiterleben, ohne ihn wieder zu küssen.

Als ich mich umdrehte, sah ich, wie Cujo mit seinen Vorderpfoten auf dem Tisch stand und an meinem Haferschleim leckte.

Igitt.

---

*D*eimos umkreiste mich mit langsamen, lautlosen Schritten. Er war groß, vielleicht eins neunzig. Attraktiv von den Tiefen seiner kristallgrünen Augen bis hin zu dem wilden Ausdruck seines Gesichts. Heute Nacht trug er sein Haar offen, weiße Strähnen fielen auf seine breiten Schultern und hinunter an seinem Rücken, schimmerten nahezu bläulich in den Flammen des Kamins. Räuberische Augen blickten mich an, Muskelstränge bewegten sich unter seiner Haut. Ich hätte nichts für ihn fühlen dürfen außer Hass, keine Kurzatmigkeit und definitiv kein berstendes Verlangen in mir, dass dieser mächtige Mann mich ansah, als wäre ich seine Mahlzeit.

Gefährlich.

Boshaft.

Prächtig.

Ich sah ihn an und meine Atemzüge wurden schneller. Als er vor mir stehenblieb, war seine Hand an meinem Kinn. Wie Luthers wärmte auch seine Berührung mich sofort und er schob meinen Kopf nach oben, zwang mich, ihn anzusehen.

„Ich habe mehr erwartet", knurrte er.

„Mehr?" Ich warf einen angestrengten Blick auf den Esstisch, der mit Platten und Schalen voller Eintopf, geröstetem Fasan, gebackenem Gemüse und einer Vielzahl anderer Dinge, die ich nicht kannte, gedeckt war. „Ich bin mir sicher, der Koch kann noch mehr zubereiten, wenn dies nicht genug ist."

Seine Augen verengten sich und ich versuchte es mit meinem frechsten Grinsen. Der Kerl hatte mich in dem Moment schon eingekesselt, als ich das Esszimmer betreten hatte. Nach einem Tag alleine in meinen Gemächern hatte ich gehofft, endlich Luther zu finden, aber stattdessen war es Deimos, der auf mich gewartet hat.

Seine Hand strich über meine Wangen, seine Finger durchkämmten mein Haar, suchten sich ihren Weg zu meinen Schulten. Gierige Fingerspitzen erkundeten meinen Hals und hinterließen eine Spur des Zitterns auf ihrem Weg.

„Mehr Schönheit, mehr Eleganz, mehr von allem", sagte er mit weicher Stimme.

Ich erstarrte und wich vor ihm zurück, aber seine Hände waren schnell; sie ergriffen meine Arme und zogen mich an ihn heran. „Ich habe dir nicht erlaubt, dich zu entfernen."

„Du bist selbst auch nicht so besonders", murmelte ich, log bis sich die Balken bogen. Er war die Perfektion, der Genuss, die Versuchung, die direkt vor mir standen.

„Pass auf, was du sagst", drohte er mir mit einem Grinsen und genoss seine Machtspielchen.

Ich schluckte und erinnerte mich selbst daran, mit wem ich es zu tun hatte... einem Prinzen, der es gewöhnt war, dass es nach seinem Kopf ging. Aber atemberaubender Kerl hin oder her, es war nicht in Ordnung, dass er mir zu nahe kam. Ich wich zurück, aber er machte einen Schritt auf mich zu und drückte meinen Rücken gegen die Wand, mit seinem Gesicht in meinem. Er war so nah, dass ich seinen Geruch einatmen konnte... maskulin und hölzern mit der süßesten Zitrusnote, alles in einem. Etwas tat sich in meinem Bauch und mein Blick fiel auf seine Lippen, die einem das Wasser im Mund zusammenlaufen ließen, die Teil eines betrügerischen Lächelns waren.

„Luther wird dich ohne weiteres kaputtmachen und dann wird er sich Ersatz holen." Er sprach so ruhig, als würde er einen Latte Macchiato bestellen—welchen er wahrscheinlich in seinem ganzen Leben noch nie probiert hatte—aber ich konnte nicht glauben, dass dies eine Drohung war. Nicht nach der Nacht, die ich mit Luther verbracht hatte. Das würde er nicht tun.

„Ich weiß, was du tust", spottete ich und sah ihn dabei an.

Er drückte sich näher an mich und streifte meine

Lippen mit seinen, mein ganzer Körper explodierte voller Adrenalin. „Ist es das, was du erwartet hast?"

Ich biss die Zähne zusammen, meine Haut brannte aufgrund der Tatsache, dass er es wagte—

„Es wird Spaß machen, dich zu behalten. Vielleicht werde ich dich ja kaputtmachen."

„Ist das deine Vorstellung davon, wie du ein Mädchen für dich gewinnst?"

Sein Lachen klang himmlisch, was falsch war, denn er durfte nicht wie das Beste, was ich je in meinem Leben gehört hatte, klingen.

„Ich bevorzuge Mädchen mit mehr, nicht weniger."

Ein Zittern durchfuhr mich und ich drückte meine Fäuste gegen seine Brust, doch er stand da, klemmte mich ein, bewegte sich nicht von der Stelle. Seine Finger glitten in meine Haare und zwirbelten die Strähnen.

„Vielleicht hättest du dir deine Haare heute Abend hochstecken sollen", sagte er. „Das hätte schöner ausgesehen."

„Ist das alles was du kannst—beleidigen? Nun, es macht mir nichts aus, also gehe mir aus dem Weg."

Seine Hand packte meine Haare und ich winselte. „Du bist liebenswürdig, wenn du wütend bist. Ich denke, wir werden zusammen jede Menge Spaß haben."

„Ich gehöre nicht dir und zur Hölle, ich werde nicht an diesem durchgeknallten Ort bleiben." Trotz meiner Worte vibrierte mein Körper von seiner Nähe. Mein Körper betrog mich, wenn es um diesen Idioten ging und meine Lippen kitzelten noch immer von seinem Kuss.

Sein Atem zog durch mein Gesicht und so sehr ich behaupten wollte, dass er stinkt, mochte ich die Art, wie er roch. Verdammt... ich hasste ihn.

„Du gehörst auch nicht Luther, und wo willst du

hingehen? Es ist kein Kinderspiel, sich ohne Magie zwischen den Königreichen zu bewegen. Du sitzt jetzt in unserem Königreich fest."

„Ich werde meinen Weg zurück finden."

Er drückte seinen Mund gegen mein Ohr. „Das ist so menschlich von dir."

Erstarrt fragte ich: „Was soll das heißen?"

Er zwinkerte mich mit seinen grünen Augen an, tief in ihnen konnte ich das Verlangen erkennen. Schneller als ich reagieren konnte, trafen seine Lippen auf meine, er schnappte nach meiner Unterlippe und seine Zähne schnitten in mein Fleisch ein.

„Aua." Ich schlug mit meinen Händen gegen seine Brust, er bewegte sich aber nicht von der Stelle. Er stand da, hart wie ein Felsen und leckte sich das Bluttröpfchen von der Lippe.

Ich fasste meine Lippen an und auf meinem Finger war Blut. „Was machst du?"

Seine Finger glitten über meine Schultern, unterdrückten mich, benebelten meine Gedanken und brachten mich dazu, mich zu ihm zu lehnen, während ich versuchte, die Kontrolle über meine flatterhaften Emotionen zurückzuerlangen.

Er drückte sein Gesicht gegen meinen Hals, atmete mich ein, schmeckte mich und ich zitterte unter ihm. Diese Zärtlichkeit ließ mich mit einer neuen Art der Erregung erschaudern. Ich hätte ihn aufhalten sollen, ihn wegstoßen sollen, aber ich konnte es nicht. Etwas schmiegte sich an meinen Verstand, federleicht und vernebelte für einen Moment lang meine Gedanken, bevor es sich zurückzog.

Nun bohrten sich Zähne in meinen Hals, ein scharfes Stechen, schnell und elektrisierend.

Dunst vernebelte meine Gedanken, alles außer Deimos und mir wurde ausradiert. Mich auf eine konstante Atmung zu konzentrieren brachte nichts, um mein donnerndes Herz zu beruhigen. Erregung kroch an meiner Wirbelsäule herab, unsichtbare Finger glitten an meinem Rücken hinunter und noch viel tiefer.

Plötzliches Gebrüll ertönte im Raum und riss mich aus meinem eingelullten Zustand.

„Was zur Hölle tust du?", knurrte Luther.

Deimos stolperte von mir weg, sein Gelächter war hypnotisierend. Mit seinem Handrücken wischte er sich seinen blutigen Mund ab, seine Augen verschlangen mich, sprachen etwas in mir an, was ich nie zuvor gespürt hatte.

„Sie ist exquisit, Bruder. So viel mehr, als wir erwartet hätten. Du lagst richtig damit, sie für uns zu holen."

„Du darfst sie nicht anfassen oder markieren. Scheiße, Deimos!"

Die Wand hielt mich aufrecht, während sich der Nebel in meinem Kopf lichtete, meine Gedanken aufklarten und ich einen brennenden Schmerz an meinem Hals spürte. Ich bedeckte die Wunde an der Stelle, wo er mich gebissen hatte, mit meiner Hand.

„Bastard", stammelte ich. Was auch immer er getan hatte, wirkte wie eine Art Magnet, der mich zu ihm lockte.

Die Spannung im Zimmer explodierte. Luther erhob sich wie ein Biest mit zitternden Armen und als Deimos Augen mich ansahen, fühlten sie sich wie Abdrücke auf meinem Körper an.

„Warum?", fragte Deimos mit erhobener Augenbraue. „Denkst du ich weiß nicht, dass du sie auch schon markiert hast? Ich konnte es in ihrem Blut schmecken.

Wie auch immer, wir wissen beide, dass Ahren sie schlussendlich für sich beanspruchen wird."

Luther preschte wie ein Blitz voran und rammte seinen Bruder, beide krachten gegen eine Seite des Tisches, bevor sie mit einigen Stühlen und der Platte mit geröstetem Gemüse zu Boden gingen.

Ich zuckte zusammen und versuchte einen klaren Gedanken zu fassen.

Kartoffeln und Karotten rollten mit den beiden Brüdern über den Boden, die sich gegenseitig verprügelten und traten, ihr Brummen eskalierte.

Ein Küchenbediensteter erschien in dem Trubel, aber erstarrte direkt im Türdurchgang, seine Augen wurden groß bevor er sich eilig zurückzog.

Mein Magen sackte mir in die Kniekehlen während sie kämpften. Sie waren die schlimmste Art Tier. Kämpften um mich... darum, mich zu markieren. Was war mit dem, was ich wollte. Deimos Wörter spukten in meinem Kopf umher, dass Luther ein weiteres Mädchen bekäme, nachdem er mich zerbrochen hatte... war das eine Lüge oder war ich von ihrer Aufmerksamkeit zu überrumpelt, um die Wahrheit zu sehen?

Ich erzitterte.

Die Furcht strahlte durch mich und nichts hätte mich auf das hier vorbereiten können. Ich atmete scharf ein und setzte zur Flucht vorbei an der Rauferei und raus in den Flur an. Ich blieb nicht stehen, sah mich nicht um, bis ich mein Schlafzimmer erreicht hatte und mich darin einschloss. Mit meinem Rücken zu Tür legte ich meine Arme um mich selbst und ließ mich auf meinen Hintern sinken. „Was zur Hölle ist da gerade passiert?"

Meine Hand zitterte, als ich sie auf meinen Hals

drückte, der schmerzte, und ich saugte an der Verletzung an meiner Unterlippe.

Wie könnte ich mit drei Prinzen hier bleiben, die noch gefährlicher waren, als ich zu Beginn angenommen hatte? Einer dominant und furchteinflößend. Einer gemein mit dem, was er sagte. Und einer, der zweifelsfrei mein Herz gestohlen hatte.

17

„Wach auf!" Eine weibliche Stimme ertönte über meinem Ohr, ihre Hand lag auf meiner Schulter und sie schüttelte mich.

Es dauerte ein paar Sekunden, bis ich meine Gedanken geordnet hatte. Der Palast, die Prinzen, Luther... „Dana?", fragte ich benommen und rieb mir die Augen.

Jemand stand über meinem Bett, die Dunkelheit stahl ihr ihre Gesichtszüge, sodass mir die Haare im Nacken zu Berge standen.

„Steh auf, Guendolyn. Schnell!" In ihrer Stimme schwang die Furcht mit.

„Moment, du bist nicht Dana." Oder Lify. Angst donnerte mir wie eine Abrissbirne in die Brust und schleuderte mir den Schlaf aus dem Kopf.

„Wer bist du?" Hatte Luther die Tür offen gelassen?

Sie richtete sich auf, zeigte ihren geschmeidigen Körper, stand gerade da, eins achtzig oder eins fünfundachtzig groß. Ein silbernes Flackern glitzerte in ihren

Augen und etwas an ihr kam mir bekannt vor. Doch ich konnte nicht einordnen, wen ich da gerade anstarrte.

Mit einem Schnippen ihrer Finger entzündete sich eine Flamme in der kleinen Glaskugel, die sie in ihrer Handfläche hielt. Licht flutete in alle Richtungen, erleuchtete ihr Gesicht und ich setzte mich im Bett auf, blinzelte, um besser sehen zu können.

Graue Augen. Haut wie aus Porzellan, die glitzerte. Ihr Haar vermischte sich mit der Nacht und lange, elfenartige Ohren stachen aus ihren Haaren hervor.

„Spitze Ohren sind wohl eine vererbliche Eigenschaft", hatte Deimos gesagt.

„Du bist in Gefahr, Guendolyn. Wir müssen gehen, sofort."

„Warte, Áine?" Es war die Besitzerin der Galerie, die ihre Fingernägel in mein Handgelenk gebohrt hatte, bis Blut floss und dann verschwunden war... Sie hatte mich schon in der Galerie Guendolyn genannt, hatte dort aber keine langen Ohren. „Was machst du hier?" Aber bereits als die Wörter meine Lippen verlassen hatten, kannte ich die Antwort. Mir war klar, dass sie irgendwie in dieses Königreich gekommen war. Die ganze Zeit musste sie mehr über mich gewusst haben, als ich. Mein Kopf drehte sich.

Ich schob mich rückwärts über das Bett, weiter aus ihrer Reichweite heraus und strampelte die Bettdecke zur Seite, als ich aus dem Bett stieg.

„Du wusstest es, oder? Als du mein Bild gesehen hast, da wusstest du, dass ich von hier bin?" Die Worte fühlten sich plump und seltsam auf meiner Zunge an, denn ich gab zu, im Königreich der Irrfahrten geboren worden zu sein. Seit meiner Ankunft hatte ich keinen einzigen psychotischen Anfall. Vielleicht war das alles in meinem

Kopf, aber meine Emotionen und Gedanken fühlten sich einfach zu real an.

Áine nickte und seufzte. „Ich habe nach dir gesucht und du hättest an keinem schlimmeren Ort landen können." Sie kam um das Bett herum und ich wich zurück. „Dies sind deine Feinde", erklärte sie mir.

„Okay, du hast mich gefunden. Kannst du mich zurück nach Hause bringen?" Ich schluckte laut hörbar. Vielleicht war dies meine Chance endlich zurückzukehren.

Sie schüttelte mit dem Kopf und meine Hoffnung wurde zerschmettert.

„Ich bin hier, um dich zu deiner Mutter zu bringen. Deiner richtigen Mutter."

Ich erstarrte und sah sie an, versuchte die Lüge in ihrem Gesicht zu entdecken. „Du kennst meine Mutter?"

Sie nickte, ihr Haar hüpfte über ihre Schultern, als sie näher schritt. „Warum denkst du, wollte ich dich treffen, nachdem ich dein Bild gesehen hatte?" Sie griff nach meinem Arm, aber ich wich zurück.

Mein Mund war trocken und ich konnte mich nicht bewegen. Konnte nicht klar denken. Alles, was in der letzten Woche geschehen war, war in meinem Kopf durcheinander gewirbelt. All die Gespräche, die ich in den letzten Jahren mit Luther gehabt hatte, brachen über mich herein.

„Du hast deine Nägel in meinen Arm gehauen, mich verletzt und bist dann abgehauen."

Ihr übertriebenes Ausatmen teilte die Luft. „Ich muss dir so vieles über dieses Königreich beibringen. Es sei denn, du besitzt die Gabe der Zunge, wie manche Feen. Der einzige Weg, zwischen den Königreichen zu reisen, ist

Magie und Blut. Aber ich habe jetzt nicht die Zeit, dir das
genau zu erklären... noch nicht."

Ich schüttelte den Kopf und versuchte das alles zu
verarbeiten, aber alles fiel zurück auf meine Mutter und
wie lange ich auf diesen Moment gewartet hatte. „Aber
Luther—"

„Weißt du überhaupt, wer diese drei Prinzen wirklich
sind?" Sie stand über mir, die Feuerkugel in ihrer Hand
glühte unter ihrem Kinn, warf Schatten nach oben und
entstellte ihr Gesicht. Für ein paar Sekunden sah sie
anders aus. Größere Augen, eine längere Nase und spitze
Lippen.

Mein Magen verkrampfte sich und ich stieß mit
meinem Rücken gegen die kalte Wand.

„Sie sind Monster, die dich brechen werden, bis nichts
von dir übrig ist. Dank dem Mond, dass ich dich gefunden
habe, bevor es zu spät ist." Ihre Hand griff nach meiner,
ihre Finger legten sich um mein Handgelenk. „Sie sind
noch nicht einmal die wahren Erben dieses Hofs." Ihre
Worte kamen schnell und knapp.

„Was meinst du damit?"

„Als der König des Schattenhofs wieder geheiratet hat,
brachte seine neue Königin drei Söhne in die Ehe mit.
Diese wurden zur nächsten in der Thronfolge, denn sie
war unfruchtbar, nachdem sie ihrem ersten Ehemann die
Prinzen gebar. Aber all diese Dinge kann ich dir erklären,
wenn wir in Sicherheit sind. Jemand möchte dir wehtun,
sie kommen um dich zu holen und ich bin hier, um dir zu
helfen."

„Ich möchte erst mit Luther sprechen."

Ein winselndes Geräusch erklang irgendwo im Flur
und sie blickte über ihre Schulter, zog mich näher an sich
heran. „Dazu wirst du Gelegenheit haben, aber zuerst

komme mit mir und treffe deine Mutter. Erfahre die Wahrheit über das, was geschehen ist, wie du zu dem verlorenen Mädchen im Königreich der Irrfahrten geworden bist."

So lange schon malte ich mir den Tag aus, an dem meine Mutter endlich zu mir kam und mir erklären würde, dass mich jemand ihr weggenommen hatte. Oder noch ein anderes Dutzend Szenarien, die ich mir ausgedacht habe. Alles, außer dass meine Mutter mich verlassen hatte. Das würde sie nie tun.

Jetzt aber fühlte ich mich entzwei gerissen, erinnerte mich an Luthers Warnung, während eine wilde Verzweiflung in mir tobte, dass ich endlich meine Mutter finden könnte, herausfinden konnte, wer ich war... Wie ich nicht länger das Mädchen mit der Geistesstörung wäre. Mein ganzes Leben hatte ich danach gesucht, wollte... *brauchte* einen Ausweg.

Eine federleichte Berührung streichelte meine Gedanken, nahm mir meine Angstgefühle und ich senkte meine Schultern, die Entscheidung war plötzlich klar.

Als ich zu Áine hinauf sah, schienen ihre Augen zu glühen und sie lächelte. „Wollen wir gehen? Es wird nicht lange dauern." Sie schob das Licht in meine Hände, die Kugel fühlte sich fleischig an, und doch flackerte und tanzte eine kleine Flamme darin. Sie bog und wand sich nach oben, während ich den Ball durch meine Hände rollte.

Sie zog mich durch den Raum und ich eilte schnellen Schrittes hinter ihr her, die Aufregung baute sich in meiner Brust auf, dass ich Mama sehen würde, sie endlich fragen konnte, wie ich alleingelassen in den Wäldern enden konnte.

„Deine Mutter freut sich dich zu treffen."

Ich nickte, in meinem Hals bildete sich ein Kloß, während ich voller Furcht zitterte, dass ich herausfinden könnte, dass sie sich entschlossen hatte, mich loszuwerden, da ich nicht das war, was sie sich gewünscht hatte. Weil etwas mit mir nicht stimmte.

Draußen im dunklen Flur zog mich Áine nach links. Ich blickte zurück entlang des Flurs, der von der Nacht erdrückt wurde, dorthin wo etwas dickes und dunkles nahe einer Statue auf dem Boden lag. Ich erhob meine Hand mit der Kugel, das Licht breitete sich aus und ich sah, dass jemand mit dem Gesicht nach unten auf dem Boden lag, rotes Haar lag ausgebreitet auf dem Teppich. Der Boden und das Bein der Bärenstatue waren blutverschmiert.

Ich bekam eine Gänsehaut, schaukelte auf meinen Fersen und stemmte mich gegen Áine. „Livy?"

„Sie ist der Feind", knurrte mir Áine ins Ohr. „Sie hätte jene, die dir wehtun wollen, zu deiner Tür geführt."

„Also hast du sie getötet?" Um mein Herz bildete sich so viel Eis, dass es nahezu aufhörte, zu schlagen.

„Wir müssen gehen, bevor sie kommen." Sie zerrte an meiner Hand, ich stolperte über meine Füße, kämpfte aber gegen ihren Griff an und merkte in diesem Moment, dass sich ein Teil der Wand zu einer geheimen Passage geöffnet hatte.

Mein Puls raste, denn nichts fühlte sich richtig an. Ich hätte meinem Bauchgefühl vertrauen sollen. „Stopp. Ich gehe nirgendwo mit dir hin."

Áine wirbelte so schnell zu mir herum, dass ich kaum Luft holen konnte. Sie presst ihre Hand auf meine Stirn und der Geruch von bitterem Lavendel umhüllte meine Sinne.

„Schlafe."

Ich stieß ihre Hand fort und diese federleichte Berührung überflog wieder meinen Verstand, vernebelte meine Gedanken und stahl sie mir. Meine Augenlider wurden schwer, sie fielen zu und die Dunkelheit ergriff so rasch von mir Besitz, dass meine Welt verschwand.

18

Etwas schubste mich an, als ich auf einem kalten Sitz saß, meine Nase war gefroren und ich zwang mich, meine Augen zu öffnen, als frische Luft in meine Lungen strömte.

Meine Sicht schärfte sich und enthüllte eine kleine Kutsche, die mich umgab. Die Wände waren mit üppigem schwarzem Stoff behangen, silberne Bolzen übersäten die Rahmen von Fenstern und Türen. Áine saß mir gegenüber, die Beine übereinander geschlagen und beobachtete mich mit gerunzelter Stirn.

„Hast du gut geschlafen?", fragte sie und klang ruhig dabei, so als ob sie mich nicht gerade entführt hätte.

Ich sah sie finster an und bleckte meine Zähne. „Natürlich habe ich das nicht." Ich sah aus dem Fenster und stellte fest, dass wir mit außergewöhnlicher Geschwindigkeit durch den Wald fuhren. Was zog diese Kutsche, Drachen?

„Wohin fahren wir? Bringe mich zurück zum Palast— jetzt." Ich zitterte so heftig, wollte aber nicht, dass sie es sieht. Sie schien nicht die Art Person zu sein, die sich so leicht von Emotionen beeinflussen ließ. Und ich vertraute ihr kein bisschen, obwohl meine Gedanken hin und her wanderten, zwischen dem Versuch zu fliehen und dem, herauszufinden, ob sie meine Mutter wirklich kannte.

„Zu spät. Wir sind bereits den größten Teil der Nacht unterwegs." Sie zuckte mit den Schultern und als ich begriff, dass wir so weit von dem Palast weg waren, wurde es mir schwer ums Herz.

Sie trug einen weißen Mantel mit Pelz am Revers und ihre Hände lagen in Handschuhe in ihrem Schoß. Ihr dunkles Haar war zurückgebunden und sie schien so entspannt zu sein, während mir mein Arm eingeschlafen war, weil ich darauf gelegen hatte. „Ich habe Winterkirschen benutzt", erklärte sie, so als müsste ich wissen, was das zu bedeuten hatte. „Und ich bisschen Lavendelpulver das helfen sollte, dich zu beruhigen. Scheinbar hat es dich einschlafen lassen." Sie lächelte und wusste ganz genau, dass das passieren würde.

Wind pfiff durch die Ritzen der Kutschentür, der Luftzug griff mit seinen eisigen Fingern nach mir. Ich zitterte und rieb meine Hände aneinander und merkte, dass ich einen langen, schwarzen Mantel trug. Ich knöpfte ihn auf und sah, dass ich darunter immer noch meinen Schlafanzug mit den lächelnden Monden trug. Nun, warum zur Hölle sollte ich nicht jeden im Schlafanzug kennenlernen? Dann fiel mein Blick auf die schwarzen Stiefel an meinen Füßen und ich wackelte darin mit meinen Zehen. Sie passten wunderbar, zog man in Anbetracht, dass sie nicht mir gehörten.

„Wir werden dir etwas Anständiges anziehen, bevor du deine Mutter begrüßen wirst."

„Wieso sollte es eine Rolle spielen, was ich anhabe?" Nichts fühlte sich hier dran richtig an, und gezwungen zu sein, mit Áine zu gehen, ließ sich meine Nackenhaare aufstellen. Ich wollte meine Mutter wie verrückt sehen, aber es gab noch immer so viel, was ich nicht an diesen Spielchen, die die Feen spielten, verstand. Ganz besonders diese Fee.

„Du glaubst mir immer noch nicht?"

„Nicht, nachdem du Livy getötet hast", fuhr ich sie an. Die Bilder ihres toten Körpers im Flur hatten sich in meinen Kopf gebrannt. „Warum hast du sie nicht einfach festgebunden oder so etwas in der Art? Ihre Familie wird am Boden zerstört sein."

„Sie hat keine Familie. Keine der Bediensteten hat eine. Keine Verbindungen zur Welt dort draußen."

Auch wenn sie die meiste Zeit schlecht gelaunt war, Dana und ich würden sie trotzdem vermissen und um sie trauern. Arme Livy!

Die Räder der Kutsche trafen auf etwas Hartes und ich wurde zurück in meinen Sitz geschleudert. Áine taumelte nach vorne, ihre Arme ruderten und sie stemmte auf jeder Seite ihre Hände gegen die Fenster der kleinen Kutsche um sich zu fangen.

„Ich habe kein Mitleid mit meinen Feinden." Sie setzte sich wieder gerade auf ihrem Sitz hin und schob sich das Haar aus dem Gesicht. „Die Königlichen des Schattenhofs sind so eiskalt wie unsere Winter. Sie haben schon genug Blut in meinem Reich vergossen, dass klar ist, dass sie die wirklichen Monster in diesem Königreich sind."

Sie klang so verbittert, aber das machte der Hass mit jemandem, der ihn zu lange in sich aufgebaut hatte.

Die Kutsche schwenkte umher und wir wurden nach rechts und nach links geworfen und Übelkeit kam auf. Da ich aber das Abendessen verpasst hatte, nachdem Luther und Deimos aufeinander losgegangen waren, gab es da nichts, was ich hätte erbrechen können. Ich hob meine Hand an meinen Hals, ein kleines Stückchen war schon verheilt an der Stelle, an der er mich verletzt hatte, aber sie schmerzte noch immer. Ich konnte seine flirtende Aggression nicht verstehen, oder warum meine Knie in seiner Gegenwart weich geworden sind. Hatte er eine Art Macht über mich?

Áine beobachtete mich und ich zog den Kragen meines Mantels fester um mich, sah nach draußen, während wir durch die Wälder rasten. Ich hatte ein flaues Gefühl im Magen. Was, wenn sie mit meiner echten Mutter Recht hatte? Würde ich hier bleiben oder zu Luthers Palast zurückkehren? Ich konnte kaum abwarten, dass er endlich aufwachte und herausfand, dass ich weg war, damit er in meinen Gedanken mit mir Kontakt aufnehmen konnte.

„Warum fahren wir so verdammt schnell?" Angst stieg in mir hoch, da wir so weit weg vom Königreich waren und ich nie meinen Weg zurückfinden würde.

„Blutverflucht", gab Áine an und ich sah sie mit leerem Blick an.

„Und ich sollte wissen, was das bedeutet?" Ich fuhr mir mit der Hand über mein Gesicht, ich war endlos frustriert darüber, so entführt worden zu sein. Niemand würde wissen, was mit mir geschehen war, und würde ich Luther überhaupt wiedersehen? Mein Leben entglitt mir und ich verlor über alles die Kontrolle.

„Verfluchte Rasse von Blutsaugern. Wenn sie eine Zeit lang nicht gefressen haben, tritt der Blutrausch ein und sie greifen alles an, was sich bewegt."

„Und du denkst, sie sind jetzt dort draußen?" Meine Stimme quietschte schon fast, als mein Blick den Wald absuchte, wegen jedem Anzeichen von Bewegung blinzelte. In mir zog die Furcht die Fäden und schnürte mir die Luft ab.

„Vielleicht. Schwer zu sagen, aber wenn wir uns schnell genug voranbewegen, erwecken wir vielleicht nicht ihre Aufmerksamkeit." Ihr ruhiger Ton hätte vermuten lassen können, dass wir uns über das Wetter unterhielten, und nicht über Bestien, die uns töten konnten.

Jetzt konnte ich nicht mehr aufhören in den Wald zu starren. Meine Knie hüpften nervös. „Also wie sehen sie aus? Tollwütige Wölfe? Bären"?

„Feen."

Wegen dem holprigen Weg wurde ich nach vorne geschleudert und streckte meine Hände aus, griff nach den Seiten der Kutsche um zu verhindern, dass ich mit dem Gesicht voran auf Áine fiel. „Sie sind Feen?", keuchte ich.

„Das waren sie, vor langer Zeit, bis der Fluch von ihnen Besitz ergriffen hat und sie alle verändert hat. Jetzt sind sie lichtempfindlich, sie jagen nach Blut und jedes Mal, wenn sie töten, vermehren sie sich."

Mein Magen drehte sich. Ich dachte wieder an Luther, als er mich in seinem Riesenrad mit nach oben genommen hatte, und das Geräusch, das er gehört hatte. War das ein Blutverfluchter? „Sie sind also wie Vampire?"

„Wenn du sie so nennen möchtest."

Mein Rücken presste sich gegen die Lehne des Holzsitzes und ich konnte nicht aufhören, nach draußen zu starren, mir Feen mit roten Augen und riesigen Fangzähnen vorzustellen. Die Feen hatten ja schließlich die Sache mit dem Blasssein schon total für sich entdeckt. „Können wir noch schneller fahren?"

Áine lachte sanft.

„Erzähl mir von meiner Mutter", sagte ich. Alles, um mich von den Monstern, die in diesen Wäldern lebten, abzulenken. „Ist mein Vater auch bei ihr?"

Sie hielt für einen Moment inne. „Es ist kompliziert mit deinen Eltern. Deine Mutter ist wunderschön, sie hat das magischste Lächeln von allen. Niemand im Reich ist so gütig wie sie. Sie zieht die Augen eines jeden Mannes, der ihr gefällt, auf sich. Genau wie du, da bin ich mir sicher."

Ihr Kommentar brachte mich aus dem Konzept, aber ich seufzte einfach nur und schaute weg, noch immer traurig wegen Livy, verängstigt wegen diesen Blutverfluchten, voller Furcht vor dem Ort, zu dem sie mich brachte. Ich war mir nicht sicher, was ich von Áine halten sollte und ich konnte mich nicht entscheiden, ob ich ihren Motiven trauen konnte.

Wieder zitterte ich und wir schwiegen uns an. Alles, woran ich denken konnte war Jen, und wie sie zwar nie die perfekte Mutter war, aber auf mich aufgepasst hatte. Was sie jetzt wohl tat? Weinen, nachdem sie bemerkt hatte, dass ich weg war? Es schmerzte mich, daran zu denken, dass sie litt und ich ihr nicht sagen konnte, dass ich am Leben war.

Ich konnte mich nicht erinnern, wie viel Zeit vergangen war, aber in der Ferne tauchte bereits der goldblaue Schein der aufgehenden Sonne auf und mein Rücken wurde in den Sitz gerückt, als wir bergauf fuhren. Besser als es Áine erging, die eine Hand gegen die Wand stemmte, um zu verhindern, dass sie nach vorne rutschte.

Ein plötzlicher dumpfer Schlag knallte gegen das Metalldach der Kutsche und brachte sie zum Wackeln.

Ich duckte meinen Kopf und schaute nach oben, rollte mich zusammen und warf Áine dann einen Blick zu.

Ihre Lippen wurden dünner und in ihrem Blick zeichnete sich Angst an. „Höllische Bastarde."

„Bitte sag mir, dass das nicht die Blutverfluchten sind."

Sie beugte sich in ihrem Sitz nach vorne und griff mit der Hand darunter. „Würde es dir dann besser gehen?"

„Ja!" Mein Herz schlug so fest, ich hätte schwören können, es würde explodieren.

Sie zog einen langen Dolch hervor, der Stahl färbte sich silbern vom Mondschein.

Áine umklammerte den Griff mit beiden Händen und wartete.

Ich zitterte und umarmte mich selbst.

Áine lächelte, sie genoss es, während mein Atem raste, schwer und rasselnd.

„Ein Schwert tötet sie also? Sicher muss man ihr Herz treffen?"

„Nur das Herz? Sie sterben genauso leicht wie du und ich, die wirkliche Gefahr aber ist, dass sie im Rudel jagen. Sie sind schnell und nicht aufzuhalten. Zum Glück sind sie nicht sonderlich koordiniert."

„Großartig." Alles, woran ich jetzt denken konnte, waren die Zombiefilme, die ich gesehen hatte, und wie die furchtbarsten Zombies auf dich zu rannten. Die machten mir am meisten Angst.

Áine ließ sich zurück auf ihren Sitz gleiten. „Es dauert nicht mehr lange." Gerade als sie das sagte, knallte etwas gegen das Fenster und klammerte sich wie eine Spinne daran fest, brachte die Kutsche dazu, sich gefährlich von einer zur anderen Seite zu neigen.

Ich wich zurück und mir wurde eiskalt. „Heiliger Jesus, wir werden sterben."

Zerrissene Kleidung hing an der Kreatur hinunter, Schnitte und Wunden klafften auf seinen Armen und seinem Hals, seine Hat war blass und schmutzig. Augen schwarz wie die Nacht versunken in einem hohlen Gesicht und die Reißzähne ragten über seine Unterlippe. Der Blutsauger fauchte, seine Hand riss an der Tür.

Áine hantierte mit dem Dolch. Sie trat die Tür auf und stach die Klinge direkt in den Hals des Monsters.

Seine Augen quollen heraus und er taumelte rückwärts.

Eine Böe eiskalten Winds erfüllte die Kutsche, riss an meinen Haaren und meiner Kleidung.

Ich kauerte in der Ecke, als Áine nach vorne stürzte, um die Tür zu schließen, damit die Kälte draußen blieb. Sie wischte das Blut der Klinge an ihren Hosenbeinen ab, setzte sich wieder hin und hielt die Waffe fest in der Hand.

„Siehst du, du hättest mich nie aus dem Palast holen sollen", sagte ich. „Wenigstens war ich dort in Sicherheit."

„Das wage ich zu bezweifeln." Ihre Selbstgefälligkeit verunsicherte mich.

Furcht hämmerte in meinem Kopf, wenn ich daran dachte, wie ich das hier überleben sollte. „Die Pferde und der Fahrer!", stieß ich aus. „Sie könnten angegriffen werden."

Etwas Verschwommenes zischte an meinem Fenster vorbei und ich schnellte von meinem Sitz empor.

„Beruhige dich. Es gibt keine. Dies ist eine verzauberte Kutsche, die weiß, wo sie uns hinbringen muss und sie wird für niemanden anhalten. Ich muss nur diese widerlichen Dinge fernhalten, bis wir ankommen."

„Mit diesen Dingern dort draußen werde ich mich gewiss nicht beruhigen. Ich werde hier sterben, nicht wahr? Dann komme ich als eins dieser seelenlosen

Dinger zurück und die Erste, die ich mir holen werde, bist du."

Sie hob eine Augenbraue, senkte dann ihren Blick auf das Schwert in ihrer Hand und sah dann wieder mich an. Aber dafür fürchtete ich mich nicht. Nicht jetzt, wo die Monster dort draußen verdammtes Blut trinken wollten.

Meine Gedanken gerieten aneinander, tobten in meinem Schädel. Etwas anderes verschwamm draußen und ich erschauderte. „Ich hasse diesen Ort. Alles will mich töten und warum zur Hölle will alles Blut haben? Die Zombies im Wald, die verdammten Prinzen, und als nächstes—"

„Du hast sie von deinem Blut probieren lassen?"

Ich hielt den Mund und sagte gar nichts mehr.

„Erzähl mir die Wahrheit!" Ihr Gesicht wurde starr, ihre Augen füllten sich mit Horror. War dieser angewiderte Gesichtsausdruck wegen der Tatsache, dass ich den Prinzen erlaubt hatte, mir näher zu kommen oder etwas Schlimmeren, zustande gekommen?

„Warum fragst du mich das?"

„Dummes, dummes Mädchen." Sie schüttelte den Kopf. „Einer der Ältesten wird dich reinigen müssen. Vielleicht ist es noch nicht zu spät, um es komplett aus deinem Kreislauf zu bekommen."

„Was herausbekommen?" Sie jagte mir Angst ein.

Sie beugte sich nach vorne und ergriff meinen Arm, um mich daran näher zu ziehen.

„Wenn eine Fee von deinem Blut kostet, dann gehörst du ihr. Es ist, was die menschlichen als Ehe bezeichnen."

Ich wich zurück, lachte hysterisch, obwohl ich das gar nicht lustig fand. Nicht im Geringsten. „Das ist lächerlich.
"

„Wenn wir die Markierung nicht schnell genug

entfernen, wirst du für immer verpflichtet sein, ihnen zu dienen, bis sie sich dazu entscheiden, dich freizulassen. Was nie passieren wird. Diese Bastarde würden dich eher töten, als *dich* gehen zu lassen", zischte sie und die Muskelstränge in ihrem Hals bogen sich. „Sie werden dich jagen, und diese Markierung, die sie in dir hinterlassen haben, wird sie wie ein Leuchtfeuer zu dir führen. "

Die Luft strömte aus meinen Lungen und alles, woran ich denken konnte, war Luther, als er in meinem Traum mein blutendes Handgelenk abgeleckt hatte. Deimos hatte mir in die Lippe und den Hals gebissen, von meinem Blut probiert. *Scheißker*—

Etwas knallte so heftig gegen unsere Kutsche, dass sie sich zur Seite neigte und nur noch auf zwei Rädern fuhr.

Ich schrie, rutschte von meinem Sitz hinunter und wurde gegen die Wand geschleudert. Áine stöhnte mir gegenüber und kämpfte sich auf die in der Luft schwebende Seite der Kutsche.

„Scheiße!" Ich würde hier sterben—ich wusste es, wusste es!

Alles geschah so schnell. Für kurze Zeit fuhren wir auf nur zwei Rädern und ich hielt die Luft an, hielt mich an dem Sitz fest. Dann knallte das ganze Ding auf seine Seite. Ich wurde umher gewirbelt, stieß mir meinen Kopf an der Decke an und sah Sterne. Meine Arme und Beine schlugen um sich, verhakten sich mit denen von Áine und ich hatte ihre Füße in meinem Gesicht.

Sie kämpfte mit dem Dolch in ihrer Hand, für einen Augenblick schwang die Waffe in meine Richtung.

Mein Leben zog vor meinen Augen an mir vorbei.

Der Tod kam rasch.

Ich würde nie wieder meine Familie sehen, Luther

oder sonst irgendwen. Die Monster würden mein Blut
trinken und ich würde als eine von ihnen zurückkehren.

Gott nein!

Die Spitze von Áines Klinge war nur Zentimeter von
meinem Gesicht entfernt. Ich lag auf meinem Rücken, mit
meinen Beinen in der Luft, quasi auf dem Kopf. Ich war
schweißdurchtränkt, mein Atem raste. Ich war fast gestorben. Fast gestorben. Verdammt noch einmal fast
gestorben.

Áine stand über mir, umklammerte den Dolch und
stand für ein paar Sekunden still. Sie wurde kreidebleich,
bevor sie die Waffe zurückzog.

„Du hättest mich töten können!", brüllte ich.

Áine brummte, ihre Lippe war verletzt und Blut lief
über ihr Kinn, während mein Kopf sich so anfühlte, als
wäre er in zwei Teile gesprungen. Ich rieb meinen
Hinterkopf und als ich meine Finger zurückzog, klebte
Blut an ihnen. *Scheiße.* Musste das genäht werden?

Ein wildes Knurren erklang draußen und ich zitterte
vor Angst, blickte auf die Tür über uns. Wir waren wie
Sardinen, wir warteten, dass diese Dinger reinkamen
und uns herausrissen. Krabbelnd versuchte ich
aufzustehen.

Áine griff nach unten, packte meinen Mantel an der
Schulter und zog mich kinderleicht auf die Füße. „Ich
halte sie zurück und du rennst. Renne, wie nie zuvor in
deinem Leben und laufe durch die goldenen Tore am
Gipfel des Berges. Der Palast ist geschützt. Die Blutverfluchten können die Grenze nicht überschreiten. Ganz
egal was, sieh dich nicht um. Hast du mich verstanden?"

Ich nickte, aber konnte mich nicht bewegen, ich hatte
zu große Angst, um nach dort draußen zu gehen.

„Können wir hier nicht warten, bis die Sonne aufgeht?

" Ich legte meine Arme fest um mich und drückte meinen Rücken gegen die Wand.

Sie stieß die Tür auf und wartete einen Augenblick, schaute sich den Wald an. „Der Geruch unseres Blutes wird sie in kürzester Zeit zu uns führen. Sie werden diese Kutsche in Stücke reißen, um an uns dran zu kommen."

Sie schob ihren Dolch durch die Tür nach draußen und legte ihn oben auf die Kutsche. Mit einem Fuß auf dem Sitz abgestützt zog sie sich nach draußen. Kniend suchte sie rasch die Gegend ab und streckte ihren Arm zurück nach drinnen.

„Nimm meine Hand", flüsterte sie. „Wir müssen uns beeilen."

Ich ergriff ihre Hand, folgte ihrem Beispiel und drückte mich vom Sitz weg. Sie zog mich nach draußen zu sich hin und mein Bauch wurde gegen den Türrahmen gedrückt. Mit tretenden Beinen schlängelte ich mich nach draußen.

Áines Blick schweifte über die Landschaft. Der glühende Himmel hinter dem Horizont erleuchtete die Spitzen der Baumkronen, doch im Wald selbst war es so dunkel, dass ich kaum etwas erkennen konnte.

Mit einer Hand am Dolch und er anderen an meiner, zog mich Áine zum Ende. Bevor ich Luft holen konnte, zog sie mich nach vorne und wir sprangen von der Kutsche.

Mein Magen taumelte und wir landeten mit einem dumpfen Aufprall auf der harten Erde.

Mein Herz pochte gegen die Innenseite meines Rippenbogens, mein Blick schwang nach rechts und nach links.

„Die Sonne ist fast aufgegangen, also werden sie sich zurückziehen. Jetzt geh."

„Vielleicht sollten wir es riskieren, in der Kutsche zu warten?" Meine Worte überschlugen sich.

Sie sah mich an und schubste mich an der Schulter in Richtung des Pfads, der mindestens dreißig Meter bergauf zum Gipfel des Berges führte. Erhabene, riesengroße Kiefern ragten auf jeder Seite ihre Wipfel nach oben. Die Nacht verschlang noch den Pfad und die Furcht ließ mich auf der Stelle zu Eis erstarren. Ich hatte keine Waffe, nichts.

„Lauf!" Áine stieß eine Hand gegen meinen Rücken und drückte mich weg.

Ich sprang im gleichen Moment voran, rannte den Berg hinauf und meine Stiefel hämmerten auf den Boden.

Ich konnte nicht anders—ich blickte zurück, nur für eine kurze Sekunde.

Áine rannte mit dem Schwert in der Hand hinter mir her, ihr Blick durchstreifte die Gegend, sie beschützte mich.

Ich hatte keine Ahnung wer diese Frau war… Wachpersonal meiner richtigen Mutter? Sie glich nicht einmal ansatzweise der Besitzerin der Galerie bei mir zuhause.

Zweige und Blätter ächzten in den Wäldern rechts und links von mir und ein Schrei pochte in meinem Hals.

Aus den Schatten zu meiner Rechten stürmte eine Figur auf uns zu. Blasse Haut und blutverschmiert. Kleiderfetzen hingen an seiner abgemagerten Statur

„Lauf!", schrie Áine und ich kämpfte mich den Berg hinauf, wie sie es mir befohlen hatte und hielt nicht an.

Knurren und das angsteinflößende, schlürfende Geräusch von Körperteilen, die abgerissen wurden, ertönte hinter mir. Die Angst erstickte mich. Der Gipfel des Bergs war zu sehen. Ich setzte ein Bein vor das andere, als noch ein Blutverfluchter so plötzlich zu meiner Linken auftauchte, dass ich nicht schnell genug reagieren konnte.

Er stürzte sich auf mich und brachte mich zu Fall.

Ich schrie, trat und schlug um mich.

Zähne knirschten ganz nah vor meinem Gesicht und er stank nach verwesendem Müll. Ich boxte mit meinen Fäusten gegen seinen Hals, brüllte, meine Muskeln spannten sich an, um ihn von meinem Gesicht fernzuhalten. Seine Augen waren schwarz wie die Hölle, seine Reißzähne gewachsen, und seine Lippen aufgesprungen und sie schälten sich.

Etwas donnerte gegen den Vampir und plötzlich rollten sie so schnell von mir herunter, ich konnte gar nicht erkennen, was passiert war. Ich stand schnell auf.

Dann rannte ich den Berg hinauf.

Missklingendes Fauchen umgab mich. Ich zögerte für einen kurzen Augenblick, um mich umzusehen, und sah einen schwarzen Wolf mit riesigen Reißzähnen, der gegen drei Vampire kämpfte an der Stelle, an der vor einer Sekunde noch Áine stand. Irgendwie war mir klar, dass sie es war… sie musste es sein. Ich drehte mich wieder um, um wegzurennen, aber das Bild von Livys leblosem Körper kam mir in den Sinn. Ich war nicht wie Áine. Ich konnte nicht wegrennen, wenn die Gefahr bestand, dass sie sterben könnte.

„Scheiße", murmelte ich, wirbelte herum, rannte zu ihr zurück und schnappte mir einen Ast vom Boden als Waffe.

Starke Arme packten mich um meine Taille, mein Rücken wurde an einen steinharten Körper gepresst. Der Ast, den ich in den Händen hielt, fiel von der Wucht des Aufpralls zu Boden. Ich schrie und wehrte mich gegen meinen Angreifer.

„Ruhig, kleiner Wolf." Die geflüsterten Worte schmiegten sich an mein Ohr.

Ich erschreckte mich und drehte meinen Kopf, um Luther hinter mir zu entdecken. Blut verschmierte seinen Wangen, auf seinem Hemd klaffte ein weiterer Schnitt, der Stoff war zerrissen. Aber keine offene Wunde, soweit ich das erkennen konnte.

„Oh mein Gott, wo kommst du her?" Ich drehte mich um und fiel ihm um den Hals, wollte nie wieder von seiner Seite weichen. „Warum hast du mich nicht in meinen Gedanken gerufen?"

Er antwortete zuerst nicht, ergriff nur meine Hand und rannte mit mir den Berg hinauf. „Ich konnte dich nicht erreichen, egal was ich versucht habe, aber ich konnte dich spüren und habe mich beeilt, dich zu finden."

In mir kam die Angst auf, dass Áines Schlafpuder dafür verantwortlich war, Luther aus meinen Gedanken verbannt zu haben. Über meine Schulter blickend sah ich, wie sie sich auf zwei Blutverfluchte stürzte, der dritte lag gefallen zu ihren Füßen. Auch wenn sie Livy getötet hatte, sie hatte versucht mich zu beschützen. Ich konnte sie nicht einfach zurücklassen. „Wir müssen ihr helfen!"

Der Griff seiner Hand festigte sich um meine. „Sie ist eine Assassine und kann auf sich selbst aufpassen", zischte er, während wir rannten und zog mich neben sich her.

Assassine? Mein Kopf schmerzte bei dem Versuch, bei allem, was hier vor sich ging, mitzuhalten. Wenn sie vorgehabt hätte, mich zu töten, warum würde sie mich dann vor den Blutverfluchten beschützen?

Luther rannte rasend schnell und meine Füße stolperten übereinander, als ich versuchte, mit ihm mitzuhalten. Als wir die Spitze des Berges erreichten, tauchte ein riesiges Schloss vor uns auf. Dasselbe Königreich wie in meinen Träumen. Mich überkam ein seltsames Déjà-vu, als wäre ich schon einmal hier gewesen...

Ungläubig schüttelte ich mich, als das Schloss am Horizont auftauchte. Fünf breite Türme mit spitzen Dächern dominierten den Himmel, alle waren mit Wänden, so dick wie die einer Festung und gefertigt aus weißen Steinen, verbunden. Kunstvoll verzierte Fenster sprenkelten die oberen Wände weit vom Boden weg.

„Das Schloss...", begann ich, aber Luther zerrte mich davon fort und nach rechts weg. Ich stolperte ihm hinterher, konnte nicht aufhören, die gigantischen, aus Gold geschmiedeten Torbögen anzustarren, die sich nur wenige Meter von uns öffneten. Knapp fünf Meter hoch, gefertigt aus goldenen, geschwungenen Stangen, deren Enden zu Speerspitzen geformt waren. Steinmauern erstreckten sich auf jeder Seite des Tors und legten sich um das Schloss.

Ich knallte gegen Luther, der stehengeblieben war. Forschend schaute ich an ihm vorbei und ein halbes Dutzend Blutverfluchte hatten eine weitere Kutsche zu Fall gebracht. Es musste seine gewesen sein.

Mein Gehirn hatte einen Kurzschluss. Ich konnte das nicht. Ich winselte, wich zurück und entriss Luther meine Hand.

Einige Wachmänner lagen tot auf dem Boden in Lachen aus ihrem eigenen Blut und andere wurden von den Monstern aufgefressen. Kehlen waren aufgeschlitzt, Brustkörbe zerfetzt.

Galle stieg in meinen Mund hoch und ich wand meinen Blick ab, verängstigt, meine Füße wichen bereits zurück und ein Ast zerbrach unter meinem Fuß.

Ein Blutverfluchter mit den weißesten Augen riss

seinen Kopf in meine Richtung hoch und ließ ein haarsträubendes Kreischen los. Ich zuckte zusammen und hielt mir die Ohren zu.

Die Köpfe der anderen Kreaturen schossen ebenfalls in die Höhe. Mein Herz klopfte und wenn ich jemals einen Schlaganfall erleiden würde, dann war das jetzt.

Der Blutverfluchte mit den weißen Augen fauchte und schwebte nahezu über dem Boden, als er auf uns zu sprang.

Luther bewegte sich geschwind wie der Wind. Er zückte zwei Klingen aus seinem Gürtel, hatte sofort seine Arme überkreuzt und schlitzte damit das angreifende Monster auf. Sein Kopf drehte sich weg und knallte auf den Boden, noch bevor der Körper wie ein Sack Kartoffeln aufschlug. Blut strömte über den Waldboden, spritzte ekelerregend.

Schritte donnerten hinter uns auf den Boden.

Ich wirbelte herum. Ein Dutzend oder mehr Blutverfluchte rannten auf uns zu, wie ausgehungerte Bestien mit aufgerissenen Mäulern und verheerenden Augen.

Schnell ergriff ich Luthers Arm und zog ihn mit mir mit. Die Angst stand mir bis zum Hals und ich hatte meinen Blick auf das Tor gerichtet.

„Sie werden uns dort hinein nicht folgen, Luther. Wir müssen gehen."

Er wich mit mir zurück, sein Blick wanderte von dem Tor zu den angreifenden Monstern. Furcht hatte alles Leben aus seinem Gesicht gesaugt.

„Nein, ich werde kämpfen, um dich zu beschützen. Du darfst nicht dort hinein gehen, genauso gut könntest du tot sein."

„Bist du verrückt? Es sind zu viele. Luther, nein.", bat ich ihn und mir stiegen Tränen in die Augen. Ich hielt mich an ihm wie an einer Rettungsleine fest. „Das wirst du nicht tun. Nein, das wirst du nicht." Mein Betteln hörte sich wie eine Platte mit einem Sprung an, aber innerlich starb ich.

Mindestens zwölf Blutverfluchte rannten auf uns zu, das Tor war nicht mehr als drei Meter von uns entfernt. Luther schob mich mit seinem Ellbogen hinter sich. „Bleib nah bei mir, kleiner Wolf." Aber seine Worte waren zittrig und es machte mir Angst, so viel Furcht in seiner Stimme zu hören.

„Du kannst es nicht mit ihnen aufnehmen." Ich riss meine Hand von ihm los und rannte auf das Tor zu, die Angst hatte mich so fest im Griff, dass ich an nichts anderes als an Flucht denken konnte.

„Guendolyn, nein!"

Kurz vor dem Tor bekam er die Rückseite meines Mantels zu greifen, zog mich an sich heran, seine Lippen waren an meinem Ohr. „Du bist verflucht!", schrie er. „Das warst du schon immer. Wenn du über die Schwelle des Aschehofs trittst, wirst du in einen endlosen Schlaf verfallen und das Blut der Feen wird in alle Ewigkeit vergossen werden."

Ich konnte nicht atmen; seine Worte ergaben kaum einen Sinn. „Warte, was? Warum bin ich verflucht?"

Ein plötzliches Fauchen kratzte mein Ohr und Luthers Hand raste auf das Monster neben mir herab und stach die Klinge in sein Auge. Das schreckliche, schmatzende Geräusch widerte mich an.

Schmutzige Hände griffen nach mir, zogen an meinen Haaren und rissen an meiner Kleidung.

„Luther!", krächzte ich.

Er schlug auf einen ein und schnitt den Angreifer mit

seiner Klinge, aber es war aussichtslos. Wir hatten keine Chance. Warum wollte er das nicht einsehen?

Jeder Muskel schmerzte. Noch nie zuvor war ich der Tür, um zu fliehen, so nah.

Ich entriss mich aus ihrem Griff, alles was ich noch sehen konnte, waren weitere Monster, die aus dem Wald strömten. Ich streckte mich nach Luther, alles was ich zu greifen bekam war der Rücken seines Hemds und ich zog ihn rückwärts mit mir.

„Guendolyn!", schrie er. In seiner Stimme war solch eine Dunkelheit, solch eine Verzweiflung und Furcht.

Sein Fuß stieß gegen meinen und er stolperte. Die Fliehkraft katapultierte uns durch das offene Tor und wir beide schlugen auf dem Boden auf.

Ich kroch rückwärts, aber die Blutverfluchten stürzten sich auf uns. Sie prallten gegen eine unsichtbare Barriere, die mit Energie geladen war, den Monstern einen Schlag versetzte, bis sie auf dem Boden zusammenbrachen.

Das starke Gefühl des Ertrinkens schien mich von innen aufzufressen. Etwas stimmte nicht. So, als würde ich nicht mehr zusammenpassen, als wäre mein Körper verdreht.

Luther kroch zu mir herüber, hielt mich in seinen Armen und hatte Tränen im Gesicht. „Was hast du getan, kleiner Wolf. Ich bin noch nicht bereit, dich zu verlieren. Ich habe dich doch gerade erst gefunden."

„Ich verstehe das nicht." Ich hielt mich an ihm fest, umklammerte seinen Kragen, aber mein Innerstes wand und verknotete sich. Schatten zuckten in meinem Blick. Meine Arme wurden schwächer.

„Lass' mich nicht gehen", weinte ich und Luther hielt mich fest an seine Brust gedrückt. Sein Zittern war wie eine Klinge an meinem Herzen.

Meine Hände zitterten, dieses Gefühl machte sich so schnell in mir breit und ich begann in die mir bekannte Dunkelheit zu fallen.

„Ich werde dich wiederfinden", versprach Luther mir. „Ich werde die Welt niederreißen, um dich zu finden."

Und eine Sekunde später war ich weg.

NACHWORT

Heute stimmte einfach gar nichts mit mir.

Ich kannte die Person nicht, die mich aus dem Spiegel heraus anstarrte.

Augen in jeder Farbe des Himmels. Wangen so rosig, als wäre ich gerannt. Weißes, schimmerndes Haar. Und Lippen so rot wie Blut.

Ich wollte schreien, lachen—etwas fühlen. Jedoch konnte ich mich nicht an meinen Namen erinnern, der schwarze Mantel, den ich trug, war nicht der richtige und ich kannte noch nicht einmal dieses Zimmer.

Nicht das Bett mit der Bettdecke mit den lächelnden Monden, oder den Stapel der Schulbücher, oder die Staffelei neben dem Fenster. Das Sonnenlicht fiel hinein und das Zimmer war schön, fand ich.

Aber das war nicht ich.

Der Spiegel glänzte und ich rieb mir die Augen, aber je genauer ich hinsah, umso mehr veränderten sich meine Gesichtszüge. Mein Haar wurde dunkler und wuchs bis zu meiner Hüfte, meine Nase wurde prominenter, meine Lippen blasser und meine Wangenknochen kantiger.

Binnen Sekunden verblasste das Bild und der attraktivste
Mann, den ich je in meinem Leben gesehen hatte,
lächelte aus dem Spiegel zurück zu mir, als wüsste er
etwas und ich nicht. Seine Augen waren wie Bernstein
und alles an ihm war Perfektion, Berauschung, Gefahr.
Ich konnte nicht wegsehen, selbst wenn ich es gewollte
hätte.

„Wer bist du?", fragte ich und er lächelte einfach
nur.

Plötzlich begann sich die Oberfläche des Spiegels zu
kräuseln.

Ohne Vorwarnung stieg er aus dem Spiegel, erst seine
Arme, dann folgte direkt seine obere Hälfte.

Mein Atem raste, wurde abgehackt und rau. „Gehe
weg." Ich wich zurück, aber seine Hände hatten sich um
die Seiten meines Gesichts gelegt und hielten mich fest.
Sein Mund legte sich auf meinen, er küsste mich so
brutal, so kraftvoll, dass ich winselte und mit meinen
Fäusten gegen seine Schultern hämmerte.

Unsere Zungen kämpften hungrig miteinander.
Beharrlich machte er immer und immer weiter, ein wildes
Zittern wanderte meine Wirbelsäule herab, erwachte
Gefühle in mir, die mir so vertraut waren, so teuflisch
verführerisch.

Mein Herz raste und meine Zehen drückten gegen die
Holzdielen, ich war atemlos. Dieses Feuer brannte in
meinen Venen, meine Haut war elektrisiert und Erinnerungen durchfluteten mich.

Paläste.

Feen.

Drei Prinzen.

Guendolyn... Das war ich!

Und alles kam mit der Wucht eines Sturms zu mir

zurück. Alles, was ich durchgemacht hatte, fiel mir wieder ein.

Ein Rausch voller euphorischer Begeisterung umgab mich. Ich atmete seinen moschusartigen und holzigen Geruch ein, als wäre es unser erstes Mal, sein Duft prägte sich in meinem Verstand wie eine Fotografie ein. Erleichterung kam in mir auf und ich drückte mich verzweifelt an ihn, brauchte ich, wie ich auch Sauerstoff brauchte. Nun küsste ich ihn, küsste ihn inniger, meine Finger glitten durch sein Haar. Ich dachte, ich hätte ihn verloren.

Meine Hände griffen ins Leere, ich stolperte nach vorne und Angst riss an meinem Herzen.

„Luther!"

Sein Atem umgab mein Gesicht wie ein Geist und ich streckte mich nach ihm aus, meine Finger und mein Kopf stießen gegen die harte Oberfläche des Spiegels, während er verblasste. Ich klammerte mich fest an die Kanten, meine Hände waren wund, brannten, ich hätte alles getan, um ihn festzuhalten.

„Luther, nein!", weinte ich. Meine Stimme versagte. Ich schlug mit der Faust gegen den Spiegel. „Nimm mich mit. Lass mich nicht hier." Ein Winseln stieß auf mir hervor, zog mich immer tiefer.

Er kam nie... Er kam nie zurück.

Ich war allein.

Verschreckt und mit Tränen in den Augen.

Guen.

Guendolyn.

Das verlorene Mädchen aus dem Königreich der Irrfahrten.

Das Mädchen, das in einer Welt fehl am Platz war, in die ich nicht gehörte.

Das wusste ich nun.

Ich schlief nicht, und dies war kein Traum. Es existierten zwei Welten und jahrelang hatte ich in einer gelebt und von der anderen geträumt. Bis vor kurzem, als ich mit Luther in das andere Königreich kam. Er hatte mich aus dem Fluch erwacht, mich aber zurückgelassen.

Ich hob meine Finger und legte sie gegen meine Lippen, starrte in den Spiegel. Ein Schmerz strahlte von dem pulsierenden, weichen, rötlichen Fleisch aus und ich zuckte zusammen. Als ich genauer hinsah, erkannte ich, dass die Röte sich zu einem Bluterguss von seinem leidenschaftlichen Kuss gewandelt hatte.

Die Stimme in meinem Kopf, der Prinz, der mein Herz gestohlen hatte, kam durch die Leere um meine Lippen mit seinem Hunger einzufordern. Ein Hunger, den auch ich in den Tiefen meiner Seele verspürte, und der mich nun in tausende Stücke zerspringen ließ.

Mein Herz war schwer und schmerzte.

Dies war kein Traum.

Das war ein Alptraum.

„Luther!" Noch einmal schlug ich mit der Faust gegen den Spiegel, Tränen bedeckten meine Wangen, als meine Welt zerbrach. Ich schlug und schlug, bis das Glas unter meiner Faust brach und wie Tausende kleiner Dolche in alle Richtungen splitterte. Ich erstickte an dem Schmerz, Blut verschmierte den Spiegel, aber es war nichts übrig. Nichts war übrig.

Ich ging zu Boden, der scharfe Schmerz in meiner Brust brach mich und ich weinte um den Prinzen, den ich verloren hatte.

DANKE, DASS DU 'WIE MAN EINE FEE FÄNGT' GELESEN HAST.

Bewertungen sind sehr wichtig für die Autoren da es anderen Lesern dabei hilft, bessere Entscheidungen zu treffen, welche Bücher sie lesen werden.

Bist Du neugierig, mehr über Guendolyn und ihre drei Feenprinzen im Königreich der Irrfahrten zu lesen, wo die Gefahr bereits auf sie wartet?

Finde mehr darüber in **WIE MAN EINE FEE VERFÜHRT.**

Drei gefährliche Feen, zwei Welten, die sich bekriegen, nur eine Retterin, die ihr Schicksal ändern kann...

Ich hatte meine Pflegefamilie verlassen und den ganzen Ballast meines alten Lebens hinter mir gelassen, um ein neues Leben an der Universität zu beginnen, in der Hoffnung, dass die Dinge sich endlich zum Besseren wenden würden. Dass die angsteinflößenden Alpträume, die verstörenden Visionen und die seltsamen Stimmen endlich aufhören würden. Dass ich die Chance bekam, normal zu werden.
Aber es sollte nicht sein.

Drei der furchtbar atemberaubendsten Feenkrieger stolpern plötzlich in mein Leben und verändern mein Schicksal für immer. Wenn man ihnen Glauben schenkt, bin ich ihre Retterin.

Diese glühend heißen Prinzen bestanden darauf, dass ich mit ihnen, ihnen gehörend, in das Königreich der Irrfahrten, einem Ort, an dem die Liebe verloren ist, wo Kriege wie Gift kochten und wo einstmals mächtige Königliche gejagt und zu Tausenden abgeschlachtet wurden, gehörte.

Dies ist die Welt, die ich für sie retten soll. Aber zwischen dienen Monstern kann es keine Erlösung geben. Sogar die drei Feenprinzen, die geschworen hatten, mich zu beschützen, hatten dunkle Geheimnisse. Wenn ich jene nicht bald aufdecken würde, könnten sie meinen Tod bedeuten...

ÜBER MILA YOUNG

Mila Young geht alles mit dem Eifer und der Tapferkeit ihrer Märchenhelden an, deren Geschichten sie beim Heranwachsen begleiten haben. Sie erlegt Monster, real und imaginär, als gäbe es kein Morgen. Tagsüber herrscht sie über eine Tastatur als Marketing Koryphäe. Nachts kämpft sie mit ihrem mächtigen Stift-Schwert, erschafft Märchen Neuerzählungen und sexy Geschichten mit einem Happy End. In ihrer Freizeit liebt sie es, eine mächtige Kriegerin vorzugeben, spaziert mit ihren Hunden am Strand, kuschelt mit ihren Katzen und verschlingt jedes Fantasymärchen, das sie in die Finger bekommen kann.

Für weitere Informationen...
milayoungarc@gmail.com